뉴욕도서관으로온
엉뚱한 질문들

뉴욕도서관으로 온 엉뚱한 질문들

뉴욕공공도서관 지음 | 배리 블리트 그림 | 이승민 옮김

◆사자상은 뉴욕공공도서관 42번가 메인빌딩이 문을 연 1911년 5월 23일부터 도서관의 상징이 됐다. 중앙 계단 남측에 앉은 것은 '인내Patience', 북측에 앉은 것은 '불굴의 정신Fortitude'으로 불린다. 1930년대 대공황 당시 뉴욕 시민에게 보내는 격려의 의미로 뉴욕 시장이 제안한 이름이다.

뉴욕공공도서관이
이용자의 질문지를 기록으로 남기기 시작한 것은
지금으로부터 75년 전.
그 뒤로 차곡차곡 모아놓은 질문 가운데
가장 특이하고 재미있고 엉뚱한
106가지를 모았습니다.

어느 날 창고에서
오래된 질문상자를 발견했습니다

    뉴욕공공도서관NYPL은 정보와 자료의 무료 이용 기회를 제공하는 것을 사명으로 삼습니다. 학생, 구직자, 연구자, 호기심 많은 대중이 도서관의 방대한 소장도서를 이용하고 전문 사서의 도움을 받아온 지 이미 몇 세대째입니다. 4곳의 리서치센터를 포함해서 맨해튼, 브롱크스, 스태튼아일랜드에 고루 위치한 총 92개 지부가 뉴욕공공도서관에 속해 있습니다.

    이 책에 실린 질문은 도서관 정리카드에 작성된 오래된 질문지 가운데 추려 모은 것입니다. 카드 각 장에 적힌 날짜로 미루어 작성 시기는 1940년대부터 1980년대 후반 사이로 짐작됩니다. 몇 해 전 도서관의 어느 직원이 자그마한 회색 파일상자를 발견했습니다. 상자에서 나온 이 질문지들은 경탄을 불러일으키고 웃음을 자아냈습니다. 무엇보다도 거기에는 도서관에 찾아오는 사람들의 관심사가 한 장의 스냅사진처럼 찍혀 있었습니다. 당시 시대상과 그날그날의 구체적인 고민을 보여주는 질문이 있는가 하면, 당장 오늘 도서관 사이트에—혹은 구글에— 올라와도 전혀 이상하지 않을 질문도 있었습니다.

1895년 뉴욕공공도서관이 처음 문을 연 이래, 이곳의 사서들은 끊임없이 밀려드는 질문 세례를 받아왔습니다. 뉴욕이라는 도시 그리고 그 너머의 사람들은 지식에 대한 왕성한 식욕을 자랑합니다. 100년이 넘도록 이 사람들이 답을 찾으러 오는 곳이 도서관입니다.

1920년대에는 낙타 털 깎는 법을 알고 싶으면 도서관에서 설명을 들었고, 14세기 코르셋의 생김이 궁금하면 도서관에서 인쇄물의 위치를 안내받았습니다. 1956년에 도서관에 전화를 건 한 교사는 1888년에 체결된 수에 즈 조약의 가맹국이 어디인지 물었습니다. 고도로 훈련 된 도서관 직원들은 심지어 진흙이 왜 끈끈하게 달라붙 는지에 대한 해답도 찾아본 사람들입니다.

　이용자의 문의에 해답을 제공하려면 시간과 품이 많 이 듭니다. 증가하는 수요를 맞추기 위해 뉴욕공공도서 관은 1968년에 전화 문의 서비스를 시작했습니다. 1996 년에는 이메일 서비스가 추가되고, 이후 이것이 'NYPL 에 물어보세요'로 이어졌습니다. 1999년 9월에는 온라인 방문자가 온라인 양식을 통해 사서에게 질문을 제출하고 질의응답 아카이브를 열람하고 검색할 수 있는 웹사이트 가 탄생했습니다. 'NYPL에 물어보세요' 사이트는 2000 년 11월 6일 '사서에게 물어보세요Ask Librarians' 사이트와 함께 자체적으로 질문 소프트웨어를 개발했습니다.

　현재 이 서비스는 헌신적인 열두 명의 직원을 주축으 로 뉴욕공공도서관 전 지부 사서의 협조를 받아 운영되 고 있습니다. 월요일부터 토요일 오전 9시에서 오후 6시까지 뉴욕공공도서관 사서들이 응답하는 채팅 서비스도 제공됩니다. 대개 간단한 온라인 대화이고 주로 안내나 소개의 성격이 짙은 질문이 오갑니다. 2017년 7월에 실시된 플랫폼 전환으로 트위터와 페이스북을 통한 질의응답도 가능해졌습니다.

오늘날 온라인과 오프라인에서 해답을 찾고 안내를 구하는 방법은 무수히 많이 존재합니다. 그럼에도 불구하고 뉴욕공공도서관의 자원은 이전 어느 때보다 인기가 높습니다.

일러두기
1. 옮긴이 주는 ◆ 표시를 달아 각주로 삽입했습니다.
2. 원어 병기는 가독성을 위해 가급적 삼갔으며, 필요한 경우나 국내에 낯선 작품 및
   단체에 한해 달았습니다.
3. 본문에 사용된 기호의 쓰임새는 다음과 같습니다.
   『 』단행본, 잡지　「 」신문, 논문, 시　〈 〉영화, 그림

빈대가 등장하는
책 제목을 알고 싶은데요?
(1944)

　미천한 빈대가 등장하는 책은 아직까지 발견하지 못했습니다. 빈대와 마주친 분들은 트라우마가 생기고도 남습니다만, 빈대 자체는 별로 드라마틱한 벌레는 아니라서요. 살금살금 피를 빨고 피해자에게 가려운 물린 자국을 남기기는 하는데, 병을 퍼뜨리거나 전염시키지는 않는다고 알려져 있습니다. 그래도 불편한 존재임에는 틀림없지요. 멜빌의 『모비딕』에서 이스마엘과 퀴퀘그가 교대로 작살로 찌르는 상대가 빈대라고 상상하고 싶은 분도 있겠습니다만, 아시다시피 두 사람의 관심은 어느 고래 한 마리를 향해 있지요.

이혼하러 혼자 리노에 가는 건
부적절한 행동인가요?

(1945)

1931년에 리노시◆는 이혼 거주 요건을 6개월에서 6주로 낮추었습니다. 이에 리노에 있는 목장들이 이혼하러 오는 사람의 구미에 맞는 서비스를 제공하면서 이른바 '리노베이션Reno-vation' 사업이 성업을 이루게 되었지요. 1946년 기준으로 리노의 이혼 건수는 1만 9,000건으로, 금액으로 환산하면 연간 5,000만 달러의 수익을 올리는 큰 사업이었습니다.

이혼을 목적으로 리노를 찾은 사람(주로 여성이었습니다)에게 현지 목장은 숙박과 서비스를 제공해서 높은 수익을 올렸는데요. 목장에 머물면서 카우보이를 포함한 여러 사람과 어울려 지냈겠지만, 혼자 목장에 찾아간 여성은 어떠한 사회적 오명도 쓰지 않았습니다. 요즘은 더 이상 이혼하러 굳이 리노까지 갈 필요는 없습니다. 미국 50주 전역에서 이혼이 가능하니까요.

◆리노Reno는 네바다주의 도시. 1931년 네바다주에서 카지노를 합법화하고 이혼 필요 요건을 완화한 덕분에 도박과 이혼을 원하는 사람이 리노로 모여들었다. 무엇보다 다른 주에서 요구하는 간통 증명 조항이 없고 6주 동안 단기간 거주만 충족하면 쉽게 이혼이 성립됐다. 1960년대 들어 이혼법을 완화하는 주가 늘면서 리노의 이혼사업도 내리막길로 접어들었다.

자유의 여신상 아랫부분에
쓰여 있는 것은 무슨 시인가요?

(1950)

매거진 『시Poetry』에서 만든 아카이브 '시문학재단'에 따르면, 자유의 여신상 받침대에 새겨진 글귀는 엠마 라자루스가 1883년에 지은 소네트 「새로운 거인상The New Colossus」의 구절◆로 이민자의 역경을 기념하는 의미를 담고 있습니다.

◆받침대에는 시의 전문이 실려 있다. 마지막 구절이 가장 유명하다.
  "내게 보내라.
  지치고 가난한 이들을,
  자유에 목마른 웅크린 무리를,
  풍요로운 기슭에서 내쳐진 이들을.
  내게 보내라.
  풍파에 시달린 갈곳 없는 이들을,
  황금의 문 옆에 내 등불을 들리니!"

에이브러햄 링컨이
하버드대학을 나왔습니까?

(1946)

　에이브러햄 링컨은 하버드대학에 다니지 않았을뿐더러 대학에 다닌 적이 없습니다. 따져 보면 정규교육을 받은 기간이 채 1년도 되지 않을 것입니다. 그렇지만 링컨이 독서로 독학한 과정은 우리 모두 배울 점이 많습니다.

　스물한 살 이전에 링컨은 『흠정역 성서』, 『이솝우화』, 존 번연의 『천로역정』, 대니얼 디포의 『로빈슨 크루소』, 파슨 윔즈의 『워싱턴의 생애』, 『벤저민 프랭클린 자서전』 그리고 역사서, 신문 등 손에 잡히는 것은 하나도 빠짐없이 읽었습니다. 그의 이웃과 친지는 종일 '읽고 끄적이고 글을 쓰고 암호를 적고 시를 짓는' 젊은 링컨을 두고 게

으르다고 생각했습니다. 링컨은 평생에 걸쳐 셰익스피어도 즐겨 읽었습니다.

그 시절에는 로스쿨에 가지 않아도 일리노이주의 변호사가 될 수 있었습니다. 그래서 링컨은 블랙스톤의 『영국법 주해Commentaries on the Laws of England』를 비롯한 여러 법률 서적을 읽으며 독학으로 법을 공부했습니다. 그는 자신의 법률 지식이 "혼자서 공부한 것"이라고 말했습니다. 한 번도 대학에 다닌 적이 없는 인물임에도 연설문과 서신을 비롯한 링컨의 글은 최고의 미국문학을 선정한 문집마다 셀 수 없이 많이 등장하며, 그가 미국 역사에 미친 영향은 어마어마합니다.

Did Abraham Lincoln
go to Harvard?

까막잡기 놀이에 담긴
사회적 의미는 무엇인가요?
(1945)

『놀이: 아동기 놀이의 치유적 활용Game Play: Therapeutic Use of Childhood Games』이라는 책에 보면, 놀이의 유래가 개괄적으로 잘 소개되어 있습니다. 모든 종류의 놀이가 그렇지만, 특히 역사성이 있는 놀이는 종교적인 믿음과 의식에서 진화한 경우가 많습니다. 까막잡기도 예외가 아닙니다.

까막잡기는 기원전 1,000년경 고대 그리스에서 시작됐으며, 선사시대의 인신 공양 의례에 바탕을 두었습니다. 당시에는 '뮤니다Munida' 혹은 '황동파리brazen fly'라고 불렸습니다. 남자아이가 주로 하는 놀이였는데, 술래는 눈을 가리고 나머지 아이들이 파피루스 줄기 껍질로 술래를 때리는 방식이었습니다.

　이 놀이는 영국 엘리자베스 여왕 시대에 다시 인기를 끌었습니다. 의례 행위에 여전히 뿌리를 두었지만 파피루스 줄기 껍질 대신 밧줄을 사용했습니다. 시대가 바뀐 만큼 놀이하는 인물도 바뀌었습니다. 남녀 모두가 놀이에 참여했고 때리는 행위는 놀이하는 어른의 애무 행위로 탈바꿈했는데, 영국 궁정에서 이 놀이를 전희로 즐기면서 악명이 자자해졌습니다. 더 엄격한 빅토리아시대의 도래와 함께 이 놀이도 공식적으로 막을 내렸습니다.

수박 한 통에
씨가 몇 개나 들어 있나요?
(1944)

정확한 답변은 정확한 수박 표본에 따라 다르겠지만, 찾은 자료에 따르면 미국 수박에는 250~750개 씨가 들어 있다고 합니다. 대개 크기가 클수록 씨 개수도 더 많습니다. 씨는 검은색, 빨간색, 흰색(덜 여문 씨) 등 여러 색을 띱니다. 최근에는 씨 없는 수박 품종도 몇 가지 있습니다. 『음식 식품 백과사전』(더글러스 M. 콘시딘) 등의 자료에 따르면 수박씨는 영양가가 풍부하다는데 씨 없는 품종이라니 좀 아쉽기도 합니다. 혹시 씨를 몇 개 삼켜도 문제 될 건 없습니다. 위산 덕분에 위에서 수박이 자라지 않는답니다.

하와이 춤에서 골반 동작은
무슨 특별한 의미가 담겨 있나요?

(1944)

홀라춤은 동작 하나하나가 상징적으로 암호화된 신성한 의례의 춤입니다. 그렇기에 구체적인 동작과 그 동작이 이어지는 맥락에 따라 의미가 크게 좌우되는 상당히 복잡한 문제입니다. 책 가운데 마힐라니 우치야마가 쓴 『하우마나 홀라 핸드북: 하와이춤 교습서The Haumana Hula Handbook for Students of Hawaiian Dance』가 홀라의 기원, 언어, 예법, 의식, 정신까지 심도 있게 다루고 있습니다. 하지만 궁극적으로 홀라의 온전한 의미를 글로 전달하기란 불가능합니다. 홀라의 골반 동작을 글로 쓴다는 건 마치 건축을 노래로 전하는 것과 같다고 할까요.

Is it possible to keep an octopus in a private home?

집에서 문어를 기를 수 있나요?

(1944)

기를 수 있지요, 다만 손이 아주 많이 가고 특히 수조에 꼭 맞는 덮개를 덮어두셔야 합니다. 문어는 탈출의 귀재라서요. 관련 정보를 처음 알아보시려면 '옥토퍼스 뉴스매거진 온라인(www.tonmo.com)'을 추천합니다. 문어라는 생명체에 대해 전반적으로 더 알고 싶으신가요? 가까운 도서관에서 일련번호 '594.56' 항목을 둘러보시면 문어에 관한 책을 찾으실 수 있습니다.

제2차 세계대전 당시
모든 기계장치를 작동하는 데
총 몇 마력이 필요했을까요?

(1944)

제2차 세계대전 동안 기계장치에 사용된 에너지 총량을 마력으로 환산한 자료는 발견하지 못했습니다. 대신 그 수치를 계산하는 데 도움이 될 만한 자료를 소개하자면, 1949년 발간된 「대영제국 및 해외 국가의 광업 통계 1941~1947」(임페리얼연구소)이라는 연구입니다. 여기에 따르면 전쟁 기간 연합국의 석탄 생산량은 약 45억 8,140만 톤이고 추축국의 석탄 생산량은 약 26억 2,990만 톤이며 원유 생산량은 연합국 10억 4,300만 톤, 추축국 6,600만 톤이라 합니다.

이 원료가 모두 전쟁을 치르는 데 사용됐다고 하기는

어렵겠지만, 전쟁 이전 기저선 수치를 찾아보고 적절한 민간 배급량을 제하고 난 나머지를 보면 전쟁에 사용된 광물자원이 어느 정도 수량인지 가늠이 되겠지요. 그런 다음 계산된 숫자를 바탕으로 당시 각각의 원료를 사용한 기계장치의 평균 마력을 합산해볼 수 있습니다. 뉴욕 공공도서관의 일반 연구부에서 이런 자료의 열람이 가능합니다. 계산은 회원님께 맡기겠습니다.

플로리다 남부에서
진주조개나 해면 채취 다이버 일자리는
어떻게 구할 수 있을까요?

(1945)

여느 일자리가 그렇듯, 지원에 적합한 기술(예를 들어 수영 실력, 조개가 진주를 뱉어내게 하는 기술)과 제대로 된 이력서가 필요합니다. 인맥도 있으면 좋겠지요. 수영 강습이나 조개껍데기 제거법 강습은 제공해드릴 수 없지만, 일자리 찾기, 이력서 작성, 업계 추천에 관해서는 뉴욕공공도서관 취업지원센터에서 도움을 드릴 수 있습니다.

'남성적 매력'에 관한 책을 찾는 사람이
현재 구해볼 수 있는 책은
어떤 게 있을까요?
(1944)

16세기에 이탈리아 귀족 발데사르 카스틸리오네가『궁정론』을 쓴 이후로 매너와 매력을 다듬고 싶은 남성에게 이 책이 참고가 됐습니다. 현대에는 M. 마셜의『남성을 위한 차밍스쿨: 훈남 되는 법Charm School for Guys!: How to Lose the Fugly and Get Some Snugly』(2007)이 도움 될까요.

이브가 먹은 사과는
무슨 종류인가요?
(1956)

성경은 과일 품종을 확실히 밝히지 않고 그저 '씨 있는' 과실이라고만 언급하고 있습니다. 초창기 그림에서는 사과가 아닌 석류로 표현되기도 했습니다.◆ 그래서 사과의 정확한 품종은 이 비유를 이해하는 것과 상관이 없어 보입니다. 비유에서 과일이 상징하는 것은 선과 악의 앎이니까요. 제가 보기에는 그것만으로도 충분히 사악하게 달콤한 맛이 느껴지는 것 같습니다만.

◆석류pomegranate는 '씨 있는grānātum' '사과pōmum'라는 라틴어에서 기원.

What kind of apple did Eve eat?

아기를 여섯 달 정도 먹이는 비용이
얼마나 들까요?
(1945)

2018년에는 얼마의 비용이 들까요?

유아를 먹이는 비용은 당연히 모유 수유인지 분유를 먹이는지에 따라, 분유 브랜드나 종류가 무엇인지에 따라 크게 달라집니다. 1945년 당시 비용을 계산하기가 쉽지는 않겠지만, 당시 분유와 세척용품(젖병용) 가격을 최대한 자세히 조사해볼 수는 있습니다. 생활비에 관한 기록과 자료는 뉴욕공공도서관 산하의 과학·산업·비즈니스 도서관에서 보유하고 있습니다. 미국 육아 사이트 '롬퍼닷컴(www.romper.com)'에 따르면, 2018년 6월 16일 기준 보통 아기 분유 값은 1개월에 165달러 정도, 6개월에 990달러 정도라고 합니다.

나폴레옹의 뇌 무게는
얼마였습니까?
(1945)

애석하게도 1821년 세인트헬레나섬에서 사망한 뒤 나폴레옹의 뇌 무게를 측정한 기록은 전혀 없습니다. 19세기에는 인간의 두뇌 크기와 지능 사이에 상관관계가 있다고 믿는 풍조가 있어서 당시 나폴레옹의 뇌 무게를 두고 추정과 추측이 난무했습니다. 나폴레옹의 부검의 중 누군가 시신의 두개골 절개수술을 요청했으나 프랑스 관료들이 거부한 덕분에 나폴레옹의 머리는 온전하게 남았습니다. 물론 나폴레옹이 가족과 친구들에게 머리카락을 정표로 보낸 뒤라 거의 대머리에 가까웠다고는 합니다만.

어느 쪽이 미합중국 헌법 표기로 옳은가요?
'the Constitution of the United States'인가요,
'the United States Constitution'인가요?
(1944)

온라인 도서관 데이터베이스로 방대하고 신뢰할 만한 도서 목록을 보유한 '월드캣WorldCat'에 따르면, 1790년부터 지금까지 미국 헌법의 공식 명칭은 'the Constitution of the United States'였습니다. 헌법 원문이 보존된 국립기록원의 의견도 같습니다. 직접 확인해야 의문이 풀리신다면 헌법 전문을 인용해보겠습니다.

"우리 미합중국 국민은 더욱 완벽한 연방을 형성하고 정의를 확립하며 국내의 안녕을 보장하고 공동의 방위를 도모하며 국민의 복지를 증진하고 우리와 우리 후손에게 자유의 축복을 확보할 목적으로 이 미합중국 헌법this

Constitution for the United States of America을 제정한다."

음…… 전치사가 좀 까다롭네요. 문서를 다시 확인해봤습니다. 그랬더니 대통령이 취임 선서에서 헌법을 수호한다는 구절에는 'defend the Constitution of the United States'라고 표기돼 있네요. 후유, 안심해도 되겠지요?

남태평양에 있는 친구로부터 편지를 받았는데,
꼬리 없는 원숭이가 산다고 하네요.
친구가 있는 나라는 어디일까요?

(1945)

『사이먼&슈스터 동물 백과사전』에 명시된 바로는 지구
상에 꼬리 없는 원숭이는 '바바리마카크Barbary macaque' 단
한 종이라고 합니다. 바바리마카크는 모로코와 알제리
등지에 산답니다. 친구분의 소재지가 그곳이 아닌 점으
로 미뤄 아마도 '유인원'을 봤을 가능성이 큽니다. 유인원
도 꼬리가 없는데, 같은 영장류이고 원숭이와 유사한 점
이 많아 이 둘이 종종 혼동됩니다. 남태평양에는 토종 원
숭이나 유인원이 없습니다.

그곳에서 가장 가까운 지역에 사는 것은 '긴팔원숭이'
입니다. 자바, 보르네오, 수마트라 및 동남아시아 국가에

서 발견되는 유인원이지요. 원숭이와 크기가 비슷하고 공통 특징이 있습니다. 이런 점으로 미뤄 친구분이 마주친 영장류는 긴팔원숭이일 것 같습니다. 긴팔원숭이는 그 지역의 여러 장소에서 발견되는 동물이라 아마 친구분이 앞서 언급한 나라 가운데 한 곳에 계셨다고 추측해볼 수 있습니다.

When one travels west in the U.S. and crosses the desert, does one cross on camels?

미국 서부를 여행하면서
사막을 건널 때 낙타를 타고 건너나요?

(1946)

미국 군대가 그런 생각을 하긴 했습니다. 『최신 미국 서부 백과사전』의 '1855년' 항목에 따르면, 당시 미국군이 텍사스 캠프버드에 낙타 75마리를 보유했다고 합니다. 제퍼슨 데이비스 육군 장관이 낙타를 물품수송대로 활용하면 좋겠다는 아이디어를 냈고, 제법 효과적이었습니다. 그러나 이 시도는 크게 인기를 끌지 못한 채 남북전쟁이 시작될 무렵에 이르러 사업 자체가 폐기됐지요.

이 주제에 관해 더 알고 싶으신가요? 뉴욕공공도서관이 보유한 한 권의 책을 추천합니다.

『유마로 향하는 낙타 대상: 우리가 몰랐던 미국 서부의

쌍봉낙타 이야기Three Caravans to Yuma: The Untold Story of Bactrian Camels in Western America』, 할란 D. 파울러.

출생점이 아이에게
어떤 심리적 영향을 미치나요?
(1944)

출생점이 뭘까요? 니머스소아암연구소에서 운영하는 소아 건강 정보 사이트(www.kidshealth.org)에 따르면, 신생아는 나중에 사라지는 뾰루지나 반점을 일시적으로 갖고 태어나곤 합니다. 그래서 갓 태어난 아기 피부에서 출생점이 흔하게 발견되지요.

거의 눈에 띄지 않는 것부터 크게 두드러진 출생점까지 크기가 다양하지만, 크든 작든 그 자체로 속상할 수 있습니다. 생김새도 납작하거나 볼록한 것, 모양이 일정하거나 고르지 않은 것, 밤색, 황갈색, 검은색, 푸르스름한 색, 분홍색, 빨간색 혹은 보라색까지 색조도 다양합니다. 대부분 무해하고 시간이 지나면서 저절로 사라지거나 작아지는 것이 많습니다. 그렇더라도 이따금 다른 건강상 문제와 연관이 있는 경우도 없지 않으니, 의사에게 문의해보시기를 권합니다.

아이가 출생점을 어떻게 받아들이도록 도와줄 수 있을까요? 신생아에게서 출생점을 처음 발견하면 깜짝 놀랄 수 있습니다. 완전무결한 사람은 없는데, 많은 사람이 머릿속에서 완벽한 아기의 이미지를 떠올리니까요. 확연히 눈에 띄는 출생점을 보고 뭐냐고 묻거나 빤히 쳐다보는 사람도 있을지 모릅니다. 무례한 기분이 들 수 있지요.

이런 간섭에 대처하는 간단한 설명을 준비해두면 이럴 때 도움이 됩니다. 작정하고 무례하게 행동하는 사람은 별로 없겠지만 선을 넘을 때는 말을 해주는 것도 좋겠지요. 어린 나이에도 아이는 부모가 이런 상황에 어떻게 반응하는지 지켜봅니다. 아이는 그렇게 타인의 반응에 대처하는 방법을 배워나갑니다.

출생점에 관해 간단하고 솔직하게 나누는 대화를 통해 아이는 머리카락 색처럼 그저 또 다른 자신의 일부로 출생점을 받아들이기가 쉬워집니다. 그래서 누군가 물어볼 때, "그냥 출생점이에요, 태어날 때부터 있었어요"하는 간단한 답변을 연습할 수도 있습니다. 주위 가족과 친구들이 출생점을 평범하게 대해주는 것도 아이에게 중요한 정서적 지지가 됩니다.

교회 안내인 양성 프로그램이 있는
대학이 어디인가요?

(1945)

    교회 안내인의 역할이 성스러운 임무로 여겨지기는 하지만 정식 교육이 반드시 필요하지는 않습니다. 호머 엘포드의 고전 『교회 안내 지침서A Guide to Church Ushering』에 보면, 엘포드 씨가 교회 안내인이 지녀야 할 기량을 열거하면서 "교회 안내인은 그리스도에 대한 절대적 헌신을 성직자와 함께 나눈다"는 점을 가장 중요한 사항으로 꼽습니다. 그러니 필요한 것은 대학 학점이 아니라 헌신이 아닐까요!

    업무에 대한 지도를 받고 싶으시면 대부분 각 교회 목사님의 지도를 받는 안내장이 있으니 그 목사님에게 전

수받으시면 됩니다. 안내 관행에 관한 현대식 정보가 궁금하시면 전미교회관리인연합회 같은 단체에 문의하실 수 있습니다. 전국에 지부가 있고 안내인의 업무, 행동, 요구에 관한 표준을 제시하는 '안내 매뉴얼 교습'을 운영한다고 합니다.

경매인을 위한 학교가 있습니까?
(1945)

물론 있습니다. 게다가 여러 곳입니다. 미국경매사협회 웹사이트(www.auctioneers.org/schools)를 확인해보세요. 저도 어떻게 응찰에 낄 수 있을지……?

'피그'와 '포크'의 차이가 뭔가요?
(1945)

『로벨의 미트 바이블Lobel's Meat Bible』에 따르면 '피그Pig'라
는 짐승을 잡아 얻은 고기가 '포크Pork'입니다.

파랑새는 몇 시쯤 노래하나요?
(1944)

글쎄요, 미국 동부의 파랑새는 제가 내킬 때마다 노래를 하는데요. 대부분 수컷은 구애하고 싶은 멋진 암컷을 보거나 암컷이 알을 낳는 모습을 보면 노래할 마음이 드는가 봅니다. 이럴 때는 달콤하고 부드럽게 노래를 하지요. 암컷이 노래할 마음을 품는 건 더 드물지만, 포식자가 보일 때는 다른 것 같습니다. 코넬대학 조류학연구소 사이트(www.birds.cornell.edu/home)에 가시면 녹음된 파랑새 노랫소리를 들으실 수 있고, 바사대학 사이트(www.vassar.edu)에도 여러 정보가 올라와 있습니다.

What time does a bluebird sing?

벽지는 어떻게 바르나요?

(1945)

1945년에는 지금보다 벽지 바르기가 훨씬 더 어려웠을 겁니다. 요즘은 여러 웹사이트(thisoldhouse.com 혹은 hgtv. com 등)에서 벽지 바르기 해설 영상을 쉽게 볼 수 있습니다. 가까운 도서관에 가서 일련번호 '698' 항목을 둘러 보시면 이 주제에 관한 책을 다양하게 찾을 수 있습니다. 뉴욕공공도서관 도서 목록에도 많은 자료가 있는데, 그 중 몇 개를 소개합니다.

「전문가가 알려주는 간편한 벽지 바르기Professional tips for easy wallpapering」[비디오], 2008.

『페인팅&데코 완벽 가이드The Complete Guide to Painting&

Decorationg』 개정판, 2006.

『창의적인 아이디어: 벽지와 가구와 소품Creative Wallpaper:

Ideas&Projects for Walls, Furniture&Home Accessories』, 2003.

루스벨트 대통령이 좋아하던
기도문을 쓴 사람은 누구인가요?
'자유의 하나님께 우리 생명을 맡깁니다'로
시작하는 기도문이요.

(1945)

「국제연합을 위한 기도Prayer for United Nations」를 쓴 사람은
미국의 시인이자 작가 스티븐 빈센트 비네이입니다. 1945
년 4월 12일 루스벨트 대통령의 사망을 애도하며 미국공
영라디오에서 이 기도문을 낭송했지요. 낭송자는 할리우
드 영화 〈일리노이의 에이브 링컨〉에서 링컨을 연기한 배
우 레이몬드 머시였습니다. 그보다 앞서 1942년 6월 14일
백악관에서 라디오로 방송된 미국 국기제정일 기념연설
에서 루스벨트 대통령이 이 기도문을 읽은 바 있습니다.

미국 독립기념일에
장례식을 치러도 괜찮은가요?
(1945)

    루스 멀비 하머의 『죽음의 비용The High Cost of Dying』을 한 부 건네드리면 의문이 풀리실 것 같습니다만, 더 즉각적인 답을 원하신다면 인터넷사이트(www.imortuary.com/blog/can-i-hold-a-funeral-on-a-holiday)에서 찾으실 수 있습니다.

선원에게 편지를 쓸 때는
일반적으로 'way'라고 쓰는 낱말도
'닻을 올려라!Anchors aweigh!'에서처럼
'weigh'라고 써야 하나요?

(1945)

　뉴욕공공도서관에 소장된 예법 전문가(에밀리 포스트, 에이미 밴더빌트, '미스 매너'라는 필명으로 활동한 주디스 마틴 등)의 책이며 뱃사람의 행동 양식을 자세히 다룬 『선원처럼 욕하기: 미국의 뱃사람 문화 1750~1850To Swear Like a Sailor: Maritime Culture in America 1750~1850』(폴 A. 질리아, 2016) 등을 살펴봤는데요. 선원과 편지를 주고받을 때 'way'라는 낱말을 사용하는 경우 지켜야 할 특별한 관습에 관한 설명은 어디에서도 찾을 수 없었습니다.

　혹시 선원들이 만든 세공품을 수집하시면 그쪽에 연락을 해보는 건 어떨까요? 아니면 편지를 써서 병 속에 담

아 바다에 띄워 보내면 어떨까요? '무게weigh'가 얼마나 나가든지 편지는 전해질 테니까요.◆

◆영어 단어 'way'와 'weigh'는 발음은 같고 뜻은 다르다. 'weigh'는 '무게를 달다' 외에 '닻을 올리다'라는 의미로 배에서 자주 쓰이는 말인데, 혹시 발음이 같은 'way' 대신 'weigh'를 쓰는 것이 뱃사람의 문화가 아닌가 하는 짐작에서 나온 질문이다. "그건 오해입니다"라는 단언 대신 "그런 사례는 못 봤습니다"라는 답변이 완곡하다(드물지만 실제로 두 단어를 섞어 쓰는 경우가 있긴 하다. 항행중이라는 의미의 'under weigh'와 'under way'처럼).

영국해협을 건설한 사람은 누구인가요?

(1966)

　대자연이 영국해협을 만들었다고 말할 사람도 있을
지 모르지만, 실은 빙하기 말에 녹은 얼음이랍니다. 한때
는 지금의 영국과 프랑스 땅 사이가 저지대 평원으로 이
어져 있었다는 것이 여러 지질학자의 의견입니다. 대략
7,000년 전 근처에서 엄청난 양의 얼음이 녹으면서 해수
면이 높아져 저지대 평원이 물에 잠기고 영국해협이 생겨
났다고 합니다(월드북 온라인 레퍼런스 센터World Book Online
Reference Center).

'뻣뻣한 수염'의 반대가 무엇인가요?

(1945)

'반대'를 어떻게 규정하느냐에 따라 다를 것 같습니다. 혹자는 '뻣뻣한 수염'의 정반대는 '깔끔히 면도한 상태'라고 말할 수도 있겠지요. 그런데 수염을 기르고 싶은 입장이라면 남성지 『GQ』에서는 '부드러운' 수염이라는 표현을 사용하고 있습니다. 뿐만 아니라 『GQ』는 제아무리 꺼칠꺼칠한 수염도 억세지 않게 만드는 유용한 정보를 제공하고 있으니 사이트(www.gq.com/story/how-to-grow-a-beard)를 방문해보세요.

What does it mean when
you're being chased by an
elephant?

코끼리에게 쫓기는 건
무슨 의미인가요?
(1947)

이 상황은 꿈이겠지요? 저희 생각이 틀렸다고 정정하시면 모를까, 계속해서 꿈이라고 여겨야 우리보다 30배 큰 몸에 신발 치수 580의 발을 지닌 동물에게 쫓긴다는 게 무슨 의미인지 굳이 심사숙고하지 않아도 되니까요. 코끼리는 힘, 권력, 지력을 상징하는데 실제로 이런 능력이 쫓아오는 상황이라면…… 왜 도망을 치시는지? 다음 번 꿈에서는 그냥 권력에 몸을 내주고 지력을 꽉 움켜잡아 내면의 힘을 받아들이십시오. 그리고 행여 공작에게 쫓기더라도 그게 무슨 의미인지 묻지는 말아주십시오.

코끼리에게 쫓기는 건 큰 곤경에 처했다는 의미일 수도

있습니다. 진지하게 보면요. 조이스 풀과 페테르 그란리가 쓴 『암보셀리의 코끼리들The Amboseli Elephants』에 따르면 코끼리의 공격성이 고조되면 다른 코끼리, 포식자 혹은 적에게 달려들거나 돌진하거나 추격을 하는데, 때로는 수 킬로미터씩 뒤를 쫓기도 한답니다. 특히 발정기에는 힘을 과시하고 짝짓기에 성공하려고 수컷끼리 서로 달려들어 엄니로 위협을 하지요. 코끼리 무리 안에서는 서로 쫓고 쫓기는 행동이 놀이의 일부일 때도 있답니다.

적시적소에 있던
역사적 인물 목록이 있을까요?
(1946)

그런 목록은 도서관에 없답니다. 혹시 그런 목록이 존 재한다 하더라도 대단히 주관적일 것 같습니다. 예수? 마호메트? 클레오파트라? 헨리 8세? 퀴리 부인? 앤드류 카네기? 생각해보면 이들 모두가 적시적소에 있던 인물 사례가 될 수도 있겠네요. 도서관이 아닌 다른 어디에 그런 목록이 있을지 잘 모르겠습니다만, 설사 있다 하더라도 결코 끝나지 않고 계속 이어지는 목록이리라는 점은 확실히 말씀드릴 수 있습니다.

1센트의 무게는 얼마인가요?
(1946)
2018년은요?

    2010년에 통용되기 시작해서 2018년 현재에도 발행되는 앞면 링컨, 뒷면 방패 그림이 새겨진 1센트 주화 무게는 2.50그램입니다. 미국 조폐국 웹사이트(www.usmint.gov)에서 제공하는 정보입니다. 미국 조폐국 웹사이트에는 전혀 생각하지 못했던 정보가 가득합니다. 가령 1974년 당시 미국 조폐국장 메리 브룩스가 전국의 신발상자와 피클병에 잠들어 있으리라 추정되는 300억 개 1센트 동전을 반환해달라며 국민에게 청원했다는 일화처럼 말이지요.

    1946년에 사용된 앞면 링컨, 뒷면 밀 줄기 그림이 새겨진 1센트 동전은 무게가 3.11그램입니다. 무게가 다른 이유가 궁금하신가요? 그때 동전은 구리 함량이 95퍼센트였고 지금 동전은 구리 함량이 2.5퍼센트밖에 되지 않는다고 합니다.

유명한 여성 50명의
생몰 일자를 알 수 있을까요?

(1946)

우선 12명의 여성을 소개합니다.◆

• 사포: 기원전 630년 출생, 기원전 570년 사망.

• 클레오파트라(클레오파트라 여왕 7세): 기원전 69년 출생, 기원전 30년 8월 10일 혹은 12일 사망.

• 메리 울스턴크래프트 셸리: 1797년 8월 30일 출생, 1851년 2월 1일 사망.

• 마리 스쿼도프스카 퀴리: 1867년 11월 7일 출생, 1934년 7월 4일 사망.

• 아멜리아 에어하트: 1897년 7월 24일 출생, 1937년 7월 2일 실종.

- 메리언 앤더슨: 1897년 2월 27일 출생, 1993년 4월 8일 사망.

- 빅토리아 여왕: 1819년 5월 24일 출생, 1901년 1월 22일 사망.

- 헬렌 켈러: 1880년 6월 27일 출생, 1968년 6월 1일 사망.

- 마더 테레사: 1910년 8월 26일 출생, 1997년 9월 5일 사망.

- J. K. 롤링: 1965년 7월 31일 출생, 현존.

- 소니아 소토마요르: 1954년 6월 25일 출생, 현존.

- 비욘세 지젤 놀스카터: 1981년 9월 4일 출생, 현존.

◆순서대로 고대 그리스의 시인, 이집트의 여왕, 소설 『프랑켄슈타인』의 작가, 라듐과 폴로늄을 발견한 화학자, 여성 최초로 대서양 횡단에 성공한 비행사, 흑인 알토가수, 최장기간 재위한 영국의 왕, 여성과 장애인의 인권 향상에 힘쓴 사회운동가, 평생 가난하고 병든 자들을 돌본 가톨릭 수녀, 해리포터를 탄생시킨 작가, 미국 최초의 히스패닉계 대법관, 프로듀서 겸 가수.

At what time is "high noon"?

몇 시가 '정오'인가요?
(1947)

『옥스퍼드 영어사전』에 따르면 정오high noon는 한낮으로 정의되어 있으니 낮 12시를 말합니다.

눈썹 모발의 성장 주기가
어떻게 되나요?

(1948)

　눈썹 모발의 생애는 성장기Anagen, 퇴행기Catagen, 휴지기 Telogen의 3개 시기로 진행되고, 평균 수명은 대략 4개월 정 도입니다. 보슬리모발이식센터Bosley Hair Transplant Company에 따르면, 사람의 눈썹은 평균적으로 250개에서 500개 사 이의 모발로 이루어져 있습니다. 나이가 들수록 눈썹 모 발의 성장 속도가 느려진다고 합니다.

키플링에 관해 짧게 설명해주실 수 있나요?
「음매, 음매, 검은 양」을 쓴 인디애나 시인이요.

(1967)

인디애나주에서는 러디어드 키플링이 자기네 사람이라고 주장하고 싶을지 몰라도 아마 이 문제에 관해서는 영국인들이 결코 양보하지 않을 것 같습니다. 키플링은 영국의 시인이자 소설가로 1865년 인도 뭄바이에서 태어났습니다. 그의 유명한 작품 중에는 인도인 등장인물이나 인도를 배경으로 다룬 작품도 있습니다. 문학 참고자료 데이터베이스 '월드북 온라인 레퍼런스 센터(www.worldbookonline.com)'에 따르면 「음매, 음매, 검은 양Baa, Baa, Black Sheep」은 키플링 자신의 자전적 일화를 담은 단편의 제목으로 1888년에 발표됐습니다.

미국에는 신경증 환자가
얼마나 많은가요?

(1946)

이 질문은 정확한 답변이 불가능합니다. 신경증은 1944
년 『정신장애의 진단 및 통계 편람』에서 삭제됐습니다만
(2012년 3월 12일 「뉴욕타임스」 베네틱트 캐리의 기사 '그 많던
신경증 환자는 모두 어디로 사라졌나?'), 만성불안 정신기능
장애(공황장애, 사회불안장애, 강박장애)의 한 종류를 설명
하는 용어로 여전히 사용되고 있습니다. 프로이트와 정신
분석이 미국문화를 좌지우지하던 시기에 신경증 진단이
유행했던 것으로 보이는데, 성인은 1950년대 이후로 신경
증을 판별하는 질문서 결과에 별로 변화가 없습니다. 반
면 대학생의 경우 신경증적 성향이 20퍼센트까지 증가한

것으로 나타납니다.

그러나 신경증적 성향이 그렇게 나쁘지만은 않습니다. 신경증 환자는 지적이고 창의적인 경향을 보이며 집요하게 문제해결에 성공합니다. 최근 한 연구에 따르면(「고도의 신경증적 성향이 죽음에 대한 방어력을 보이는 때는 언제인가?」, 게일·쿠킥·배티 공저, 에든버러대학교, 2017년 7월), 신경증 환자가 평균적인 사람보다 의학적 조언을 구하는 데 더 적극적인 성향으로 특정한 유형의 신경증적 성향과 수명 사이에 관계가 있을 수 있다고 합니다.

미국 인디언의 신 가운데
생각이 그럴싸한 이름 하나 알고 싶은데요?

(1946)

'그럴싸하다specious'는 말은 허울은 그럴듯한데 실제로는 그르거나 허위라는 뜻이므로, 미국 원주민 신화 중에서 속임수를 잘 쓰는 장난꾸러기 두엇을 꼽아볼 수 있습니다. 나바호족 전설에 등장하는 '코요테'는 교활하지만 선과 악의 양면을 모두 지녀서 경계를 넘나들며 행동 반경을 넓혀갑니다. 북서부 해안의 신화에 등장하는 '큰 까마귀'는 먹이를 손에 넣으려고 사람을 영리하게 속이는 한편 세상에 지대한 변화를 불러오는 존재이기도 합니다.

팔레스타인이 예루살렘에 있는 도시인가요,
아니면
예루살렘이 팔레스타인에 있는 도시인가요?
(1947)

『컬럼비아 세계 지명사전』, 『세계 서적 대백과』, 『브리태
니커 백과사전』 등 저희가 검토한 여러 자료에서 팔레스
타인을 지중해 동쪽 끝자락 중동에 위치한 한 지역으로
설명하고, 예루살렘을 중동의 한 도시로 설명하고 있습
니다. 팔레스타인 지역은 여러 세기에 걸쳐 수차례 지배
권력이 바뀌었습니다. 현재 예루살렘은 이스라엘의 수도
이자 세계 최대의 성지로 알려져 있습니다.

카멜레온을
어디에서 살 수 있을까요?
(1947)

　카멜레온은 이국적인 애완동물로 알려져 있습니다. 매거진 『파충류Reptiles』에 따르면, 파충류 등의 번식과 사육을 전문으로 하는 브리더breeder를 통하는 것이 이국적인 동물을 구매하고 돌보는 법을 배우기에 가장 좋은 경로라고 합니다.

　또 지역 파충류학협회 목록을 제공하고 있는데, 그곳에 문의하시면 평판이 좋은 판매자나 브리더를 찾도록 도와줄 겁니다. 대부분의 파충류는 미국 내 수입이 엄격히 통제되고 있답니다.

　『파충류』의 웹사이트(www.reptilesmagazine.com/Reptile-

Community/Reptile-Clubs)를 확인해보세요. 파충류 전문 동물병원에 문의하시거나 매년 열리는 미파충류브리더엑스포 같은 파충류 박람회 정보를 인터넷으로 검색해보시는 방법도 있습니다.

생쥐가 토하기도 하나요?

(1949)

2013년 온라인 학술지 '플로스원PLOS One'에 발표된 「설치류는 왜 구토를 못 할까? 비교 행동·해부·생리학적 연구」 결과에 따르면, 생쥐는 구토를 하지 못하는데 "뇌간 신경 요소의 부재가 원인일 가능성이 크다"라고 합니다. 이 행동에 필요한 장치가 생쥐의 뇌에는 없는가 봅니다.

Can mice throw up?

솔잎 진액의
치료적 효능은 무엇인가요?
(1947)

    솔잎차는 비타민C(레몬의 5배라고 합니다)와 항산화물질
이 풍부하고, 기침과 가슴 답답함 증상이 있을 때 거담제
로 사용할 수 있습니다. 우울감, 알레르기, 고혈압 치료에
도 효과가 있으며 장수에도 도움이 된다고 알려져 있습
니다. 솔잎은 향도 참 좋지요.

은여우의 눈동자는
무슨 색인가요?
(1947)

    은여우의 눈동자는 갈색, 적갈색, 주황색, 노란색 그리고 포획되면 심지어 파란색을 띠기도 합니다. 은여우는 붉은여우와 똑같은 종인데 다만 더 진한 털색을 띠는 개량종으로 사육되고 있습니다. 수십 년 동안 모피가 유행하면서 모피산업이 구매자를 사로잡을 정확한 털가죽 색을 얻어내려고 선택적 육종을 한 결과가 '은빛 여우'입니다. 은여우는 회색여우와도 뚜렷이 구별됩니다. 회색여우는 붉은여우와 전혀 다른 종으로 태평양 연안 지역에 많이 서식합니다. 회색여우는 은여우로 사육된 적이 없으며, 회색여우 역시 눈동자 색은 한 가지 이상이랍니다.

광란의 음악회에서
진행자가 되는 법을
알려주는 책이 있을까요?
(1948)

　여러 사람이 모여 넘치도록 음악을 듣는 자리를 '광란의 음악회musical orgy'라고 한다면(여기서 '광란'은 특정한 활동에 지나칠 정도로 탐닉한다는 뜻이겠지요), 뉴욕공공도서관에는 에이프릴 캘도프가 쓴 고전『행사 진행자가 되는 법How to Be a Master of Ceremonies』(1957)이나 좀 더 최근 서적으로는 페르난도 오레후엘라가 쓴『랩과 힙합 문화Rap and Hip Hop Culture』(2014) 같은 책이 있습니다.

　혹시 다른 의미의 '광란'을 뜻하시나요? 저희 소장도서 중에는 광란의 파티를 여는 법에 관한 안내서라 할 만한 책은 없습니다만, 헨리 스펜서 애쉬비가 '피사누스 프락시'라는 필명으로 발표한 『에로틱문학 백과사전: 희대의 서적들에 관한 논평The Encyclopedia of Erotic Literature: Being Notes Bio-, Biblio-, Icono-Graphical and Critical, on Curious and Uncommon Books』 (1962)이 도움이 되실지도 모르겠습니다.

시체 매매와 관련해서
거래량, 자금 등 통계자료는
어디에서 구할 수 있을까요?
(1948)

좀 딱딱할지 모르지만 한 가지 기사를 소개하겠습니다. 「로이터」의 기사(www.reuters.com/investigates/special-report/usa-bodies-brokers)입니다.

"다른 상품과 마찬가지로 시신과 신체 부위 가격은 시장 조건에 따라 오르락내리락한다. 일반적으로 브로커는 기증받은 시신을 약 3,000~5,000달러 정도에 팔 수 있는데, 이따금 가격이 1만 달러를 웃돌기도 한다. 브로커는 통상 고객의 필요에 따라 시체를 여섯 부위로 절단한다. 일곱 군데 브로커의 내부 문서를 검토한 결과 신체 부위의 가격 분포는 다음과 같다. 두 다리와 몸통은 3,575달

러, 머리는 500달러, 발은 한 짝에 350달러, 척추는 300
달러……."

물로 건배할 수 있나요?
(1948)

아직도 물로 하는 건배가 사람의 불행이나 심지어 죽음을 비는 것과 같다는 생각을 옹호하는 미신이 있습니다. 고대 그리스 사람들이 들으면 고마워했을까요. 고대 그리스에서는 사랑하는 사람이 세상을 떠나면 잔에 물을 채워 건배를 했답니다. 망자가 저승길에 오르면서 건너는 레테강에 경의를 표하는 의미였습니다.

하지만 건배 예법은 계속해서 진화하고 있고 나라마다 차이가 있습니다. 예법 전문가 중에는 물로 건배해도 괜찮다는 이들이 있는가 하면, 절대 해서는 안 되는 행동이라고 말하는 이들도 있습니다. 결국 청중이 누구인지 파악하는 것이 중요합니다. 더 자세한 정보를 알고 싶으시면 다음 두 기사를 살펴보세요.

'현대 에티켓: 건배에 관한 안내서Modern Etiquette: Guildelines for Giving Toasts'(『라이프스타일』, 2012년 10월 22일).

'건배 에티켓: 필수와 금기Toasting Etiquette: Do's and Don'ts'(「허프포스트」, 2013년 12월 31일).

I've heard that Roquefort cheese is fermented by worms, and I'd like to concur on that.

로크포르 치즈가
벌레에 의해 발효된다는 말을 들었는데
저도 그 의견에 동의하고 싶습니다.
사서님도 동의하십니까?

(1960)

'냄새 고약한 치즈맨the Stinky Cheese Man'◆의 의견에 저는 동의하지 않습니다. 이 치즈는 페니실리움 로크포르티 Penicillium roqueforti라는 곰팡이균을 이용해 만들어집니다.

아쉽게도 땅속 벌레 친구들은 이 치즈와 아무 상관이 없습니다. 치즈 맛의 감흥을 느끼고 싶으시면, 유튜브 채널 '하우잇츠메이드'에서 하우잇츠메이드: 로크포르 치즈 How It's Made: Roquefort Cheese 편을 찾아보세요.

◆존 셰스카의 이야기집 『냄새 고약한 치즈맨과 멍청한 이야기들』 속 인물. 외로운 할머니가 치즈에 입과 눈을 달아 오븐에 구워 탄생시킨 치즈인간.

태평양의 수위와
대서양의 수위는
왜 다른가요?
(1949)

    2000년에 발표된 로버트 월크의 책 『아인슈타인이 이 발사에게 들려준 이야기』에 따르면, 세계의 바다는 모두 평균 높이가 같습니다(이른바 '평균해면'). 하지만 바람, 조류, 해안 지형, 염도, 중력 등의 요인 때문에 장소마다 장기적인 차이가 발생합니다. 예를 들어 파나마운하의 대서양 쪽은 간만의 수위 차가 0.6미터 정도인데, 태평양 쪽은 무려 8.5미터가 넘습니다.

    그런데 대서양 쪽과 태평양 쪽의 평균해면은 거의 동일합니다. 실제로 약 20센티미터 차이가 발견됐는데 이 정도는 동일에 가까운 수준입니다. 해류, 염도와 수온으로

인한 밀도 차이, 그 밖에 해양학자가 아니면 설명하기 힘
든 몇 가지 요인에 기인하는 차이라고 합니다.

두 바다의 수심도 다릅니다. 대서양의 최대 수심은
8,486미터◆이며 태평양의 최대 수심은 10,911미터에 이릅
니다. 앞서 요인에 더해 대양저 침식으로 해저협곡과 해
협이 여러 다른 위치에 형성되면서 두 대양의 수위에 차
이가 생겨납니다. 나사의 과학 사이트(science.nasa.gov/
earth-science/oceanography)에 제공된 정보에 따르면, 대양
들은 동일한 평균해면에 존재하지만 조류와 해류로 인해
모든 해수면에 역동적인 지형이 나타난다고 합니다.

◆원문에는 1만 3,000피트 즉 3,960미터로 잘못 표기. 이 수치는 대서양의 최대
  수심이 아닌 평균 수심.

'Siuol'을 어떻게 발음하나요?
'Louis'를 거꾸로 적은 말인데
제가 지금 쓰는 소설에서
이 말을 사용하고 있어서요.

(1949)

    응용언어학 대학원에 다니는 바버라 토머스 사서의 설명으로는 "발음 규칙상 개음절 즉 모음으로 끝나는 음절이면 장모음으로 발음합니다. 'Siuol'은 'si-u-ol' 세 음절로 나눠지는데, 앞 두 음절은 장모음이 되고 마지막 음절은 뒤에 자음이 이어지기에 단모음이 됩니다. 따라서 발음은 '씨see-우oo-얼əl'과 비슷할 겁니다. 첫음절에 강세가 놓이고 끝음절은 강세가 없는 짧은 중성모음에 가깝습니다." 한 가지 제안을 드려도 될까요? 인물명을 짓는 건 작가 마음입니다만, 좀 더 단순한 이름을 붙이면 어떨까요? 가령 프레드처럼. 프레드도 괜찮은 이름이지요?

통신강좌로 신학 박사학위를
받을 수 있는 곳이 있을까요?

(1949)

　혹시 신학 석사Master of Divinity 말씀이신가요? 찾아보니 신학 박사는 명예학위랍니다. 신학교연합인증위원회에 문의했는데, 위원회에서는 통신강좌로 수여하는 학위를 승인하지 않는다고 합니다. 하지만 원격교육을 제공하는 학교들이 있습니다. 이런 프로그램을 찾아보시려면 북미 신학교협회 웹사이트(www.ats.edu)를 방문해보세요.

앗타르술Science of Athar에 관한 책이 있습니까?
낙타 발자국으로
정보를 추론하는 기술입니다만?
(1949)

  안타깝게도 구체적으로 앗타르를 다룬 책은 뉴욕공공
도서관 안에서도 밖에서도 발견하지 못했습니다. 거의 알
려지지 않은 비술이라서요. 저희 소장도서 중에는 발자
국 추적에 관한 책(『크링클루트 아저씨와 동물들을 찾아가
요』, 짐 아노스키), 길 찾기에 관한 책(『탐험가가 안내하는 자
연에서 길찾기The Natural Navigator: A Watchful Explorer's Guide to a Nearly
Forgotten Skill』, 트리스탄 굴리), 낙타에 관한 책(『큐민, 낙타, 캐
러밴: 향신료 오디세이Cumin, Camels, and Carravans: A Spice Odyssey』,
게리 폴 나반), 베두인족을 비롯한 사막 부족민에 관한
책(『최후의 베두인: 신화를 찾아서The Last of Bedu: In Search of the

Myth』, 마이클 애셔) 등이 있습니다. 그나마 저희가 찾은 것은 「1858년 육군 장관 연간보고서」에 포함된 르 키안 베이라는 인물의 상세한 서신에서 '단봉낙타 처리와 활용'이라는 제목 아래 낙타 발자국 추적법에 관해 한 페이지가량 다룬 내용입니다.

앗타르는 중동과 북아프리카 지역 사막에 거주하는 아랍의 유목민 베두인족과 연관이 있습니다.『아라비아: 이슬람의 요람Arabia: The Cradle of Islam』(1900)에 실린 즈웨머 박사의 말을 인용하면 "낙타가 남긴 발자국에서 정보를 얻는 것이 베두인족의 앗타르술이다. 사막을 건너는 배의 항해술인 셈이다." 공식적인 '기술'로 인정되지 않은 상황이라 더 자세히 조사하려면 베두인족의 관습을 먼저 알아야 할 것 같습니다. 다음 책들이 도움이 될지도 모르겠습니다.

『베두인족의 문화 변화Culture Change in a Bedouin Tribe』, 론 엘로울.

『이집트 황야에서의 베두인족의 삶Bedouin Life in the Egyptian Wilderness』, 조셉 J. 홉스.

독사가 제 몸뚱이를 물면 죽을까요?

(1949)

'네이키드 사이언티스트(www.thenakedscientists.com)'
의 기사 '뱀은 제 몸의 독에 취약한가?'에 따르면 독사는
자신의 독에 취약할 수 있습니다. 하지만 개중에는 체내
에 자신을 보호하는 해독 시스템을 갖춘 뱀도 있습니다.
혹시 뱀이 제 독을 조금 꿀꺽 마시더라도 별 탈은 없습니
다. 독이 단백질로 구성되어 있어서 위장의 소화액에 분
해됩니다. 조금 이해가 되셨을까요?

뉴욕에서 방탄조끼를
구입할 수 있는 곳이 어디입니까?
(1950)

　요즘은 온라인에서 방탄복과 방탄조끼를 구입할 수 있습니다. 소재는 듀폰사의 케블라Kevlar 섬유를 많이 사용하고, 탄도와 칼과 뾰족한 못의 공격으로부터 몸을 방어하는 강도에 따라 제품이 다양합니다. 겉에 입는 형태와 안에 숨기는 형태 모두 있습니다. 제2차 세계대전과 한국전쟁 당시 개발된 방호복은 탄도 나일론으로 만들어 포탄 파편을 막아주는 기능을 하긴 했지만, 소총과 권총의 공격 앞에서는 효과가 없었습니다. 1960년대에 와서야 제대로 총알을 막아주는 새로운 섬유가 발견됐다고 합니다 (www.bulletsafe.com).

맨발로 일할 수 있는
직업이 있을까요?

(연대 미상)

몇 가지만 읊어보겠습니다. 와인농장의 포도 밟기, 숯불 걷기,◆ 인명구조대······. 손 모델도 굳이 신발을 신을 일은 없겠네요.

◆숯불 걷기fire walking는 숯불이나 불에 달군 돌 위를 맨발로 걷는 의식. 요즘은 일종의 문화행사로 여러 사람 앞에서 공연하는 전문 연기자들이 생겨났다.

In what occupations may one
be barefooted?

세금과 중세음악의 관련성에 대해
알고 싶은데요?
(1949)

그레고리오 성가를 들어보신 적이 있을까요? 그런 성가의 작곡과 연주는 비용을 지급해야 이루어졌습니다.

중세시대에는 세금을 화폐, 농산물, 재화와 용역 형태로 징수했습니다. 토지 소유 체계에 따라 재화와 용역이 제공되고 다시 국왕, 귀족과 지주층, 가톨릭교회에 전달됐지요. 중세음악 역사가들은 보통 교회음악과 세속음악을 구별합니다. 교회나 종교의식에 쓰인 음악이 교회음악이고, 궁정과 귀족의 저택에서 종교행사를 축하하거나 대중의 여흥을 위해 제공된 음악이 세속음악입니다.

문자 해독 능력, 그중에서도 특히 악보 표기 능력이 주로 성직자에게 국한되던 시대여서 세속음악보다 교회음악이 훨씬 더 많이 존속될 수 있었지요. 하지만 교회와 궁정에서 쓰인 중세음악의 작곡과 연주에 지급된 비용을 오늘날로 치면 세금이라 할 수 있습니다.

1866년 이전에
보름달이 뜨지 않은 2월이
어느 해였을까요?

(1950)

 1920년 발행된『영국천문학협회 저널The Journal of the British Astronomical Association』(vol.30)을 보면 게이토프라는 인물이 추정한 값이 나옵니다. 영국의 수학자 오거스터스 드모르간이 지은『천문력Book of Almanacs』에 실린 달 삭망표를 활용하여 어느 해 2월에 보름달이 뜨지 않았는지 추산해 본 것입니다.

 게이토프가 계산한 값과 그 밖의 다른 자료가 가리키는 답은 바로 1847년입니다. 보름달이 뜨지 않는 2월은 19년마다 한 번씩 돌아오는 것이 일반적인 패턴입니다만, 두고 볼 일입니다. 윌리엄 셰익스피어라는 유명한 천문학

자가 달의 변덕스러운 성질이라고 표현◆했던 그런 특징

때문이겠지요.

◆셰익스피어는 작품에서 달, 별, 행성을 천문학적으로 때론 점성술적으로 자
주 언급한다. 특히 달의 변덕에 관해서는 『로미오와 줄리엣』 2막 2장 줄리엣
대사가 유명하다.
"오, 달에게 맹세하진 말아요. 한 달 내내 궤도를 돌며 바뀌는 지조 없는 변덕
쟁이에게 맹세했다간 당신 사랑도 그렇게 변할지 모르니까."

소에게 윗니가 있나요?

(연대 미상)

소는 위쪽 앞니가 없습니다. 대신 그 자리에 '치아 패드'
가 있습니다. 헤더 스미스 토머스가 쓴 『스토리 가이드북:
육우 키우기Storey's Guide to Raising Beef Cattle』(2009)에 따르면, 이
부위는 "잇몸을 덮고 있는 튼튼한 피부 조각이다. 풀이나
사료를 먹을 때는 아래턱 앞니로 이 치아 패드를 밀어 씹
거나 혀로 풀을 휘감고 머리를 흔들어 끊어 먹는다." 책
에는 나오지 않는 얘기입니다만, 사진 속 소가 절대 웃지
않는 이유가 이것 때문이라고 말씀드리고 싶네요. 사진사
의 "치즈" 소리가 싫어서는 아니랍니다.

쿠바에 있는 온실에
어떤 종류의 유리를
사용해야 할까요?
(1950)

　온실 설계와 건축에 관한 도서 목록을 검색한 결과 도움이 될 만한 책을 두 권 찾았습니다. 『그린하우스&정원 만들기 완벽가이드The Complete Guide to Greenhouses&Garden Projects』 (2011)와 『온실에 관한 모든 것All About Greenhouses』(2001)입니다. 추가 자료를 원하시면 뉴욕에 있는 보태니컬가든의 원예도서관에 문의하셔도 좋을 것 같습니다.

What did women use for
shopping bags before paper bags
came into use?

종이봉지가 등장하기 전에는
무엇을 장바구니로 사용했나요?
(연대 미상)

종이봉지가 발명된 것은 1852년이고, 손잡이 달린 쇼핑백이 등장한 것은 1912년입니다. 이후 1960년대에 비닐봉지가 두각을 나타내더니 급기야 1980년대 초에는 전 세계 상점가를 장악하게 됩니다. 이렇게 공통으로 쓰는 봉지의 사용이 일반화되기 이전에는 여성과 남성 모두 양손, 양팔 그리고 각자 최대한 물건을 많이 담아 나를 수 있는 용기나 통을 사용했습니다. 사실 종이봉지를 고안한 목적은 쇼핑객이 한꺼번에 더 많은 물건을 구매할 수 있게 하려는 의도였다는군요!

미국 독립선언서 서명에 사용된
잉크는 어디 제품인가요?

(1946)

1776년 7월, 티모시 매틀랙(1730~1829, 미국독립혁명 당시 펜실베이니아 주무장관)에게 독립선언서 원본을 정식으로 필사하는 임무가 맡겨졌습니다. 국립기록원 웹사이트(www.archives.gov)에 따르면, 독립선언서는 양피지 위에 철-몰식자 잉크iron gall ink로 작성됐습니다.

"철-몰식자 잉크는 티모시 매틀랙이 살던 당시에 일반적으로 사용하던 잉크의 종류로, 타닌산(참나무 벌레혹인 몰식자에서 추출), 황화철(못이나 쇳조각에서 추출), 결합제(주로 아라비아고무) 그리고 때로는 착색제를 혼합해서 만들었다. 처음 글씨를 쓸 때는 색이 옅지만, 차츰 강한 검

자줏빛으로 산화되면서 잉크가 짙어진다. 시간이 흐를수록 철-목식자 잉크는 따뜻한 갈색으로 변한다."

철-몰식자 잉크를 만든 제조업체에 관한 정보는 알아내지 못했습니다.

조산아로 태어난 남성 가운데
유명한 사람은 누가 있을까요?
(1950)

조산아로 태어난 유명인 남성이라…… 몇 사람만 이름을 들어보겠습니다. '신생아 트러스트(www.neonataltrust.org.nz)'에서 제공하는 정보입니다.

- 스티비 원더.
- 웨이드 반 니커크.◆
- 아이작 뉴턴.
- 새뮤얼 랭혼 클레멘스(마크 트웨인의 본명).
- 윈스턴 처칠.
- 알베르트 아인슈타인.
- 찰스 다윈.

- 나폴레옹 보나파르트.
- 마이클 J. 폭스.
- 시드니 포이티어.

◆남아프리카공화국 출신의 육상 선수.

플라톤, 아리스토텔레스, 소크라테스가
모두 같은 사람인가요?
(1950)

플라톤, 아리스토텔레스, 소크라테스는 같은 사람이 아닙니다. 이 세 사람을 고대 그리스의 '3대 철학자'라고들 합니다.

고대 아테네의 철학자인 소크라테스는 청년들을 타락시킨 죄목으로 기소되어 유죄판결을 받고 사형당한 인물입니다. 플라톤은 부유한 귀족 가문 출신으로 소크라테스의 열렬하고 재능 있는 제자가 됩니다. 그가 저술한 유명한 『대화편』에는 상대와 격렬한 토론을 벌이는 소크라테스가 자주 등장합니다. 그리고 플라톤의 가장 훌륭한 제자가 되는 인물이 아리스토텔레스입니다. 아리스토텔레스는 알렉산더 대왕의 왕자 시절 가정교사로 지내면서 아마 철학자로서는 역사상 가장 높은 급료를 받았을 것입니다. '월드북 온라인 레퍼런스 센터(www. worldbookonline.com)'에 가시면 철학 애호가들의 호기심을 채워줄 정보가 많이 있습니다.

어떻게 해야 가슴 털이 자랄까요?

(연대 미상)

별로 바쁘지 않으시면 핫소스를 섞은 위스키를 한 잔 홀짝이면서 심심풀이로 읽을 만한 글을 한 편 소개할까 합니다. 남성 건강 잡지 '아트오브맨리니스닷컴'에 실린 기사(www.artofmanliness.com/articles/it-will-put-hair-chest)에 따르면 블랙커피, 핫소스, 딱딱한 빵 겉면, 고된 일, 통밀 시리얼, 위스키, 시금치, 홀스래디시소스, 우스터소스, 버터밀크가 아마 효험이 있을 거랍니다. 그래도 역시 정말로 중요한 건 테스토스테론과 유전이라는 점에는 이론의 여지가 없네요.

그림 '휘슬러의 어머니'를
그린 사람은 누구인가요?
(1965)

화가 제임스 애보트 맥닐 휘슬러(1834~1903)는 1871년 〈회색과 검은색의 구성 제1번Arrangement in Grey and Black No.1〉 이라는 작품을 그렸습니다. 자신의 어머니인 애나 맥닐 휘슬러를 모델로 해서 그린 작품이었습니다. 들리는 말로 는, 어머니가 고단할 때는 이웃에 사는 아리따운 여성 헬 레나 린드그렌이 그의 어머니를 대신해 모델 역할을 하기 도 했답니다.

이 〈회색과 검은색의 구성 제1번〉이 '휘슬러의 어머니 Whistler's Mother'로 알려진 것은 아마도 런던왕립미술학교가 1872년 개최한 전시회에서 '작가 어머니의 초상Portrait of the

Painter's Mother'이라는 부제를 달고 나서부터일 것입니다. 현재 이 작품은 프랑스 정부의 소유로 파리 오르세미술관 (www.musee-orsay.fr)에서 소장하고 있습니다.

Can you tell me who painted the painting "Whistler's Mother"?

풀과 잔디밭에 대해
영감을 주는 자료가 있을까요?
(1955)

    우선 미국의 걸작 시집 휘트먼의 『풀잎』을 읽으면서 잔디 바이블이 도착하기를 기다리시면 어떨까요? 조지 테이소의 『미국의 잔디밭The American Lawn』(1999)은 미국의 문화적 풍경에서 잔디밭이 차지하는 위상을 살펴보는 책입니다. 역사적 예술적 문학적 정치적 맥락을 고찰하며 '유토피아적 이상과 디스토피아적 악몽의 경계에서 잔디밭의 위치'를 찾고 있습니다. 실용적인 조언을 구하신다면, 그라운드 관리의 달인처럼 잔디밭을 가꾸고 유지하는 방법에 관해 영감을 제공하는 데이비드 멜로의 『잔디 바이블The Lawn Bible』(2003)을 추천합니다.

이름에 경칭이 붙는 여성 숫자가
가장 많은 나라는 어디인가요?
(연대 미상)

그것은 '경칭honorable'을 어떻게 정의하느냐에 따라 다를 것 같습니다. 미국에서 '귀하'로 불리는 여성(대사, 판사 및 여러 고위 공직자)이 다른 나라에서는 '각하Her Excellency'로 칭해지기도 합니다. 경칭이 붙는다는 말을 좀 더 느슨하게 해석해 덕망이 있다는 의미로 생각한다면, 그런 여성의 숫자를 모두 헤아리는 게 과연 가능할까 싶습니다.

뉴욕시의 '피로도'는
몇 도인가요?

(1959)

경위도를 알려주는 웹사이트(www.LatLong.net)에 따르면 뉴욕시의 위도는 40.730610도입니다. 이따금이지만 뉴욕시의 '피로도'가 높다고 알려지는 때도 있습니다. 온라인 사전 '메리엄-웹스터(www.merriam-webster.com)'에서는 피로를 '지치고 무기력한 상태: 피곤함'으로 정의하고 있네요.◆

◆'위도'를 뜻하는 'latitude'를 '피로도lassitude'로 잘못 물은 질문에 대한 재치 있는 답변.

롱아일랜드 엘름우드의
인기가 얼마입니까?

(1959)

롱아일랜드 (엘름우드가 아닌) 엘우드는 뉴욕 서퍽 카운티의 인구조사 지정구역으로, 뉴욕주 헌팅턴 타운 안에 위치한 마을입니다(www.huntingtonny.gov). 2010년 인구조사 결과 엘우드의 인구는 1만 1,177명이었습니다. 이 통계가 엘우드의 인기를 입증해줄 수도 있지 않을까요?◆

◆철자가 헷갈리는 두 단어가 나란히 잘못 적혀 엉뚱한 질문이 된 경우. 뉴욕에 있는 마을은 엘름우드Elmwood가 아닌 엘우드Elwood, '얼마'인지 추산되는 수치는 '인기popularity'가 아닌 '인구population.' 애초 의도한 질문을 유추해 답변하고 있다.

인육은 영양가가 얼마나 높은가요?

(1958)

한니발 렉터 같은 인물이 인육만 먹고 살자면 정말로 연쇄살인범이 되는 것 외에 다른 수가 없을 듯합니다. 인간의 신체는 식용이 가능합니다. 수천 년 동안 여러 문화의 식인 풍습 사례가 기록으로 남아 있습니다. 구석기시대부터 20세기 강제수용소 그리고 조난 생존자처럼 절박한 상황에서 영양 공급원의 한 형태로 인육이 사용되기도 했습니다.

하지만 구석기시대 식인 풍습의 영양적 가치에 관한 최근 연구에 따르면(구석기시대는 종교적 이유나 제의적 목적으로 식인 풍습이 행해진 증거가 아직 없습니다), 단순한 열량을 놓고 보면 다른 육류와 비교해서 인육이 최선의 공급원은 아니라고 합니다. 이 연구에서는 인체 한 구를 섭취할 경우 평균 12만 5,000~14만 4,000칼로리가 생성되리라고 추정합니다. 인체 한 구의 고기가 제공하는 칼로리로 현대 성인 남성 25명이 생존할 수 있는 기간은 반일 즉 12시간 정도라는 것입니다.

이에 비해 동일 집단이 구석기시대에 매머드 한 마리를 잡아먹었다고 가정하면, 거기서 얻는 360만 칼로리로 60일 동안 생존이 가능했을 것입니다. 지금은 멸종한 스텝들소 한 마리가 제공하는 61만 2,000칼로리로도 10일 동안 충분한 영양이 공급됩니다.

이런 연구 결과를 고려하면, 인육에서 얻는 열량이 비교적 적은 사실로 미뤄 구석기시대 식인 풍습을 '영양적 가치'로 해석했던 기존 사례가 사실은 사회적이거나 문화적 이유로 발생했을 가능성도 생각해볼 수 있겠지요?

책을 찾아보지 않고도
제 질문에 대답해줄 수 있는
사람이 어디 없을까요?
(1960)

신탁Oracle을 구하시는군요! 사전에 따르면 그리스신화의 델포이 신탁이란 아폴론 신전에서 조언을 구하는 이들에게 무녀가 전달한 아폴론의 계시였답니다. 그런데 지금 이 답변이 그렇듯 신탁의 계시도 대개 불확실하고 모호했습니다. 답을 하자면, 없습니다. 현실에는 찾으시는 그런 사람이 존재하지 않습니다. 대신 뉴욕공공도서관에서 소중히 여기는 것은 책입니다. 싱어송라이터이자 예술가인 패티 스미스가 전미도서상을 수상하면서 전한 소감으로 대답을 대신할까 합니다.

"저는 항상 책을 사랑했습니다, 살면서 내내…… 책보

다, 그 종이와 활자와 제본보다 더 아름다운 것은 없습니다. 우리의 물질세계에서 그 무엇도 책만큼 아름답지 않습니다."

Is there a full moon
every night in Acapulco?

아카풀코는 매일 밤 보름달이 뜨나요?

(1961)

그렇다면 얼마나 좋을까요? 이 질문을 적으신 1961년 당시 아카풀코Acapulco가 낭만적인 장소이긴 했지만—지금도 여전히 낭만적인 곳일지 모르지만—, 그렇더라도 지구의 다른 모든 장소가 그렇듯 거기서도 달은 한 달에 한 번만 둥글게 차오릅니다. 마가리타를 몇 잔씩 들이켜도 둥글게 보이긴 힘들겠지요.

일기 정보 사이트(www.timeanddate.com/moon/phases/mexico/acapulco)와 천체력을 확인하시면 아카풀코에 가는 시기와 그곳에서 만나게 될 달의 모양을 미리 결정하는 데 도움이 되실 겁니다.

로마의 침략이
영어권 문학에 미친 영향은
무엇입니까?
(1961)

　로마의 침략이 영문학에 미친 영향은 어마어마했습니다. 라틴어와 더불어 고전문학, 역사, 문화규범, 어휘를 영문학에 소개했으니 그 영향은 셰익스피어부터 해리포터까지 이어집니다. 셰익스피어의 작품에서는 고대 로마에 대한 언급과 그 시대로 떠난 상상의 탐험이 폭넓게 펼쳐집니다. 『타이터스 앤드로니커스』, 『줄리어스 시저』, 『코리올라누스』 그리고 『안토니와 클레오파트라』처럼 흔히 셰익스피어의 '로마극'이라 일컬어지는 작품을 비롯해 그 밖의 작품도 로마문화에 대한 언급이 구석구석 뿌려져 있습니다.

셰익스피어 외에도 방대한 양의 영문학에서 로마의 영향이 발견됩니다. 확실히 손꼽히는 사례로는 존 밀턴, 새뮤얼 존슨, 엘리자베스 바렛 브라우닝, 제임스 조이스, P. G. 우드하우스의 작품은 물론이고 심지어 J. K. 롤링의 '해리 포터 시리즈'도 포함됩니다.

1962년에 뉴욕시 비둘기는 몇 마리였습니까?
2018년 참새 수는 몇 마리인가요?
(연대 미상)

저희가 찾을 수 있는 자료 중에는 존 키런의 1959년도 책 『뉴욕시의 자연사 A Natural History of New York City』에서 제시하는 추정치가 아마도 1962년에 가장 근접한 정보일 것 같습니다.

"집비둘기 혹은 참비둘기는 추위에 강하고 연중 꾸준히 번식하는 새이며, 보기에 따라서는 소스라칠 만큼 많은 수가 서식하고 있다. 비둘기 개체군의 추산은 25만 마리에서 35만 마리 혹은 그 이상까지 다양한데, 모두 단순한 추측일 뿐이다. 기이하게도 도시의 혼잡한 구역 보도에서 가장 많이 발견되고 전적으로 인간이 남긴 음식물을 먹고 사는 이 새의 도시 전역 개체 수에 대한 조사는 아직까지 이뤄진 바 없다. 50년 전에는 참새 숫자가 비둘기 숫자보다 많았는데, 자동차가 도시의 거리에서 말을 몰아내면서 참새 입에 들어갈 먹이가 사라졌다⋯⋯."

현재 뉴욕시 5개 구의 비둘기 개체군은 100만 마리로 추산됩니다. 레슬리 데이와 돈 리이페가 쓴 『뉴욕의 동네 조류도감Field Guide to the Neighborhood Birds of New York City』에 따르면, 이 참새목 참샛과의 새가 "뉴욕 5개 구에서 가장 흔하게 발견되는 새로 연중 서식한다"고 합니다.

전문가의 도움을 받고 싶으시면 뉴욕주의 조류 보호자인 오듀본협회 뉴욕 지부에 문의해보시기를 추천합니다. 여담이지만 비둘기와 참새 둘 다 북미의 토착종은 아니랍니다.

실력 있는 위조 전문가를
추천해줄 수 있나요?
(1963)

사기에 이용할 목적으로 위조품을 만드는 인물을 저희 뉴욕공공도서관에서 추천하는 일은 없습니다만, 도서관 소장도서와 온라인 검색을 통해 유명한 위조 전문가에 관한 정보를 찾는 것은 가능합니다. 미술 정보 사이트 '아트시(www.Artsy.net)'에는 예술품 위조의 역사가 간략히 소개되어 있는데, 그중에는 미켈란젤로의 이야기도 있습니다.

1496년 미켈란젤로는 잠자는 큐피드상을 조각해 땅속에 묻어 오래된 것처럼 보이게 만듭니다. 이 작품을 구매한 추기경은 작품이 고대 진품이 아님을 발견하고 중개인에게 환불을 요구하지만, 미켈란젤로에게는 거래 대금에서 받은 몫을 돌려받지 않습니다. 그만큼 미켈란젤로의 작품에 깊은 인상을 받은 것이지요. 그렇다면 저희도 미켈란젤로를 추천해드려야 할까요?

Is there a book on how-to-build
with popsicle sticks?

아이스바 막대기를 이용한
만들기 책은 없나요?
(1967)

오로지 아이스바 막대기를 활용하는 미술 공예 책은 딱히 없습니다만, 도서관 일련번호 '745'로 시작하는 일반적인 미술 공예 서적을 살펴보시면 어떨까요?

사람의 임신 기간을
날짜로 계산하면 며칠인가요?

(1962)

아기가 언제 태어날지는 정확히 말하기 힘들 때가 많습니다. 임신 기간은 논리적으로 계산하거나 예측하기 어려워서요. 태아가 여성의 자궁 안에서 보내는 기간은 대략 259일 즉 37주 정도입니다. 평균 임신 기간을 '280일'로 계산하는 것은 착상 날짜가 아니라 여성이 마지막 생리를 시작한 첫날을 평균 임신 기간의 시작으로 보기 때문입니다. 일반적으로 이날로부터 약 2주 뒤에 수정이 일어나고 다시 자궁에 착상하기까지 5일에서 7일 정도가 걸립니다. 그렇게 해서 흔히들 말하는 '40주' 즉 월력으로 하면 열 달이 됩니다. 하지만 대부분의 사람은 현행 태양

력을 기준으로 생각하기 때문에 인간의 평균 잉태 기간을 '아홉 달'로 지칭하기도 합니다.

출산이 예정일에 이뤄지지 않으면 의사는 산모에게 사실은 임신 기간이 정확한 날짜가 아니라 일정 범위의 기간임을 설명해야 합니다. 예정일의 앞으로 2주, 뒤로 2주, 총 4주의 기간으로 봐야 합니다. 따라서 38주에서 42주 사이면 모두 정상적인 임신으로 여겨집니다. 이런 이유로 인해서 실제로 예정일에 출산을 하는 여성은 4퍼센트 정도이고, 약 70퍼센트는 예정일 전후로 10일 이내에 출산을 합니다.

요즘은 온라인 임신 주수 계산기가 많습니다. 대충 간단히 계산하는 방법은 마지막 생리 주기의 첫날에 7일을 더한 다음 9개월을 더하는 방법입니다. 조금 더 정확한 임신 주수는 초음파 검사(특히 6주~8주 사이에 실시할 때) 과정에서 전문 의료진이 측정한 자궁 크기로 판단할 수 있으며, 처음 태동이 감지된 시기로도 상당히 정밀한 판단이 가능합니다.

입으로 새끼를 뱉어 낳는
동물이 있나요?
(1965)

설명에 부합되는 동물을 단 한 가지 찾아냈습니다. 제
이 헴딜의 2003년 책 『수족관 물고기 번식Aquarium Fish
Breeding』에서는 그 동물을 이렇게 설명합니다.

"마우스브리더mouthbreeder는 안전하게 알을 품을 장소를
부모 물고기 중 한쪽, 대개 암컷의 입안으로 정한다. 이런
행동을 가리켜 구중부화mouthbreeding라고 부정확하게 지칭
하는데, 사실 물고기는 알을 입에 물고(품고) 있을 뿐이
다. …… 부모의 입안에 있는 동안 알은 포식자의 공격으
로부터 안전하게 보호받지만, 새끼를 품고 있는 시간 동
안 부모 물고기는 전혀 먹이를 먹을 수 없어서 에너지 소

모가 매우 크다."

알이 부화하면 치어들이 부모의 입에서 나와 자유롭게 헤엄을 치고, 부모 물고기는 다시 먹이를 먹을 수 있게 됩니다! 저희가 찾아낸 마우드브리더 종류로는 탕가니카 시클리드Tanganyika cichlids, 방가이 동갈돔Banggai cardinalfish, 대서양 바다메기hardhead sea catfish, 진주 털옥돔pearly jawfish, 크로커다일 피시peppermind pikehead 등이 있습니다.

혹시 '하이어 워터'가 뭔지 아세요?
제 생각에는 뭔가 초기 아메리카 인디언과
관련된 것 같은데요.

(1965)

죄송합니다만, '하이어 워터higher water'라는 말은 들어본
적이 없습니다. 혹시 '하이아와사Hiawatha'를 물어보시는 걸
까요? 하이아와사(오논다가족 말로는 '히어와서', '헤어와'로
알려져 있기도 합니다)는 식민지시대 이전의 아메리카 토
착 원주민 지도자로, 원주민 부족의 연합체였던 이로쿼
이 연맹Iroquois Confederacy의 설립자 중 한 사람입니다. 이 이
름에는 '빗질을 하는 자'라는 뜻이 담겨 있습니다.『하이
아와사의 노래The Song of Hiawatha』는 헨리 워즈워스 롱펠로
가 1855년에 남긴 유명한 서사시이며, 이 작품을 패러디
한 것이 제임스 워너 워드의『하이어-워터의 노래The Song

of Higher-Water』(2007)입니다.

　만약 찾으시는 말이 하이아와사가 아니라면, 혹시 '하이어스 워터Hires water', 그러니까 루트비어를 판매한 하이어스의 청량음료를 말씀하시는 걸까요?

저는 노스캐롤라이나주 윌밍턴 출신인데,
그곳에서 두 번째로 오래된 등대가
우리 아버지의 소유입니다.
어디에 이 등대를 팔 수 있을까요?

(1961)

　뉴욕공공도서관은 공인중개사를 물색하고 부동산을
직접 매매할 수 있는 장소를 찾는 데 도움이 될 자료를
보유하고 있습니다. 한편으로 미국등대협회에 문의해보
셔도 좋을 것 같습니다. 등대의 과거와 현재에 관심 있는
사람에게 교육과 정보와 재미를 제공하는 비영리기관이
라고 하네요.

뉴욕 어디에 가면 금덩어리를
손에 넣을 수 있을까요?
(1966)

애석하게도 최근 뉴욕에서 황금을 발견한 사람이 설령 있더라도 혼자만의 비밀로 감추고 있는가 봅니다. 지난 2~3년 동안의 뉴욕주 신문 데이터베이스를 뒤져봤지만 황금이 발견됐다는 기사는 한 줄도 찾지 못했습니다. 운을 걸어볼 마음이 있으시면, 미국금광시굴자연합회에 가입해보시면 어떨까요? 만약 황금을 찾으시거든 반드시 뉴욕통합법상 공유지법—PBL 조항 82. 발견 고지, 신고, 요금, 발견 포상금, 특허권—을 숙지하셔야 합니다.

진짜 드라큘라는 누구였습니까?

(1972)

이 질문에 대한 답을 찾으시려면 필라델피아의 로젠바흐박물관겸도서관Rosenbach Museum and Library에서 소장하는 브람 스토커의『드라큘라』작품 개요와 메모를 보시면 됩니다. 엘리자베스 밀러의 드라큘라 연구서(『Dracular: Sense and Nonsense』)에 따르면, 스토커는 공공도서관에서 빌린 외교관 윌리엄 윌킨슨의 책『왈라키아-몰도비아 공국 해설An Account of the Principalities of Wallachia and Maldovia』에서 '드라큘라'라는 이름의 아이디어를 얻었다고 합니다. 스토커는 메모에 "드라큘라는 왈라키아어로 악마를 뜻한다"라고 적어두었네요.

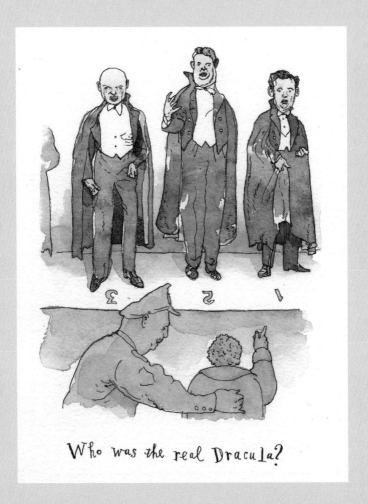

Who was the real Dracula?

「베어울프」의 구조적 결함이 뭔가요?

(연대 미상)

「베어울프」◆를 분석할 수 있는 여러 방법 중에 하나를 알려드립니다.

「베어울프의 문체와 구조The Style and Structure of Beowulf」, 조 앤 블롬필드(『영어 연구 리뷰Review of English Studies』, vol. OS-14, 제56호, 1938년 10월 1일, p 396~403).

◆「베어울프」는 고대 영어로 쓴 영문학 최초의 서사시. 베어울프라는 영웅의 일대기를 다루는 작자 미상의 작품으로, 영미권 고등학교 영문학 수업의 단골 텍스트다.

누가 오리의 천적인가요?

(1967)

두발 혹은 네발 달린 포식자 누구나 아마 기회만 있다면 오리를 잡아먹을 겁니다. 목줄을 매지 않은 뉴욕시의 개도 마찬가지입니다. 가장 흔한 오리의 천적으로는 여우, 코요테, 족제비, 작은 곰 등을 꼽을 수 있습니다. 독수리, 매, 부엉이, 까마귀, 너구리, 스컹크, 뱀, 악어거북, 밍크도 무시할 수 없습니다. 일리노이대학교 사회교육원의 야생동물 안내책자 가운데 '청둥오리' 항목을 보면, 태어나서 처음 1년 안에 죽지 않고 생존하는 청둥오리가 50퍼센트밖에 안 된다고 합니다. 부디 오리가 천적은 물론이고 인간과 사냥꾼까지 영리하게 따돌리기를 바랄 뿐입니다.

캐리 네이션이
소설 『시스터 캐리』의 주인공이에요?
(1964)

캐리 A. 네이션◆이 소설가 시어도어 드라이저가 남긴 고전 『시스터 캐리』의 주인공은 아닙니다만, 손도끼를 휘두르며 금주를 주창하던 이 유명한 여성은 아마도 시스터 캐리를 경멸했을 것 같습니다. 그녀는 담배, 외국음식, 코르셋, 부적절한 치마 길이 등 예법이 부족한 행실에 적대적이었으니까요. 흥미롭게도 1900년 출간된 『시스터 캐리』의 원본은 뉴욕공공도서관에서 소장하고 있답니다.

◆캐리 A. 네이션(1846~1911)은 남북전쟁 이후 기독교 여성단체가 앞장선 금주운동에서 활약한 여성운동가. 『시스터 캐리』는 시골 처녀 캐리가 욕망을 좇아 도시에서 성공하는 이야기로, 작품이 발표된 1900년은 그녀의 활약 시기와 겹친다.

귀를 뚫은 영화배우 명단이 있을까요?

(1968)

　그런 명단은 들어보지 못했습니다. 피어싱에 관해 안내하면서 유명인사의 모습을 보여주는 인터넷사이트가 있기는 합니다만, 귀 피어싱 하나만 자세히 다루지는 않습니다. 혹시 리하나의 귀걸이는 몇 개라든지 패리스 잭슨의 초대형 귀걸이(아울러 코걸이) 같은 내용이 궁금하시면, 패션 잡지『글래머』웹사이트(www.glamour.com)에서 '스타의 피어싱 베스트'를 뽑아 소개한 2017년 10월 25일 기사를 찾아보세요.

크로이소스 전투가 언제였나요?

(1967)

크로이소스Croesus는 고대 세계에서 가장 큰 부자였다고 전해지며, 기원전 546년경의 사르디스Sardis 전투로 널리 기억되고 있습니다. 이 전투에서 크로이소스는 페르시아의 키루스Cyrus 대제에게 패합니다. 그리스 역사학자 헤로도토스에 따르면—헤로도토스는 '역사학의 아버지'로 알려진 동시에 역사적 해설에 신화를 삽입했다는 이유로 '거짓말의 아버지'라고도 불립니다— 전쟁에 나서기 전 크로이소스가 조언을 구한 델포이 신탁에서 크로이소스에게 만약 페르시아를 공격하면 "대국을 멸망시킬 것"이라는 계시를 전했다고 합니다.

처음의 전투에서 결판이 나지 않은 채 겨울이 다가오자 크로이소스는 본국 리디아로 돌아가기로 결정을 내립니다. 그때를 노려 키루스의 군대가 리디아의 수도 사르디스 평원에 등장합니다. 키루스는 기병대에게 낙타의 짐을 내리고 낙타에 올라타서 크로이소스의 말 기병대와 맞서도록 명령합니다. 말이 낙타를 보기만 해도 무서워하고 낙타 냄새를 견디지 못하는 점을 이용한 것입니다. 그렇게 리디아 군대가 대패하고 크로이소스는 키루스의 포로가 되어 아마 후에 죽임을 당했겠지요. 결국 계시대로 크로이소스가 대국을 멸망시키긴 했습니다만, 그 대국은 페르시아가 아니라 리디아였습니다.

Why do 18th-century English paintings have so many squirrels in them, and how did they tame them so they wouldn't bite the painter?

왜 18세기 영국 그림에는
다람쥐가 많이 등장하나요?
다람쥐가 화가를 물지 않도록
어떻게 길을 들였을까요?

(1976)

1700년대 상류층 가정에서는 다람쥐가 애완동물로 인기가 높았습니다. 까불기 좋아하고 보송보송한 이 설치류를 아이들이 좋아해서 자연히 당시 초상화나 그림 속에 모습이 담기는 일이 많았습니다. 하지만 대부분의 경우 화가는 살아 있는 다람쥐가 아니라 자연과 동물이 그려진 책을 참고해 그림을 그리곤 했습니다. 그러니 굳이 얌전히 앉아 포즈를 취하도록 다람쥐를 길들일 필요는 없었답니다.

환생을 다룬 책 중에
삽화가 들어간 책은 없나요?

(1967)

이 주제에 관한 책은 뉴욕공공도서관에 많습니다만 삽화가 들어간 책은 그렇게 많지 않네요. 검색하며 발견한 한 권을 소개하자면, 대니얼 코언이 어린이를 위해 쓴 『환생의 신비The Mysteries of Reincarnation』입니다.

아크릴 알파벳에 관한 자료를 찾으려면
도서관 어디로 가야 하나요?
(1973)

이런 정보(www.nailstyle.com/posts/Nail-Tips-Guide-The-ABCs-Of-Nails-1126)◆를 찾으시나요? 아니면 혹시 키릴 문자◆를 말씀하시는 건가요? 키릴 문자에 관해서라면 일련 번호 '491' 항목을 살펴보세요.

◆아크릴 알파벳이 무엇인지는 확실하지 않은데, 아크릴로 작게 만든 알파벳 장식이 손톱을 꾸미거나 장신구를 만드는 데 사용되기도 한다.
◆철자가 비슷해 '키릴Cyrillic'을 '아크릴Acrylic'로 잘못 표기하는 사례가 종종 있다. 키릴 문자는 러시아어, 불가리아어 등에서 사용하는 알파벳이다.

집에 '수축한 사람 두상'이 하나 있는데
구매에 관심을 가질 만한
박물관 목록을 구할 수 있을까요?
아마 아마존 위쪽이나 에콰도르 출신의
백인 남성의 머리인 것 같아요.

(1974)

현재 '수축한 사람 두상shrunken head'을 수집하는 박물관 목록은 찾지 못했습니다(민족지학과 인류학의 주요 소장품을 보유한 여러 박물관에 이런 두상이 전시되어 있기는 합니다만). 싼사tsantsa, tzantza라고 알려진 수축한 사람 두상은 에콰도르와 페루 지역 히바로 인디언의 풍습입니다. 히바로족의 싼사 진품은 매우 진귀합니다.

케이트 C. 던컨의 『신기한 1001가지: 골동품 상점과 아메리카 원주민 예술1001 Curious Things: Ye Olde Curiosity Shop and Native American Art』(2000)에 따르면 "개인이나 박물관이 소유한 싼사 중에서 약 80퍼센트는 위조품으로 추산된다"고

합니다. 진품 여부를 검사하는 방법이 궁금하시면 다음 기사를 참고하세요.

'수축한 사람 두상(쌘사): 법의학 분석 절차', 필립 샤를 리에 외(『국제법의학회지』, 2012년 10월 10일).

성경의 저작권은 누가 갖고 있나요?

(1979)

어느 번역본이냐에 따라 다릅니다. 『흠정역 성서』의 영국 판권은 국왕에게 있고, 국왕의 특허권자인 케임브리지대학출판국에서 관리합니다. 『흠정역 성서』는 예배나 비상업적 교육을 목적으로 사용하면 수단과 상관없이 최대 500구절까지 복제가 허용됩니다. 단, 인용구가 성서 전권에 해당하거나 책 전체 본문에서 25퍼센트 이상을 차지해서는 안 되며, 다음과 같은 확인 문구를 표시해야 합니다. "성서 원문은 『흠정역 성서』에서 인용. 『흠정역 성서』의 영국 판권은 국왕에게 있으며, 국왕의 특허권자 케임브리지대학출판국의 허가를 받아 복제된 것임을 밝힌다."

Does anyone have a copyright on the Bible?

엠파이어스테이트빌딩이
세계에서 가장 높은 건물이라면,
세계에서 가장 낮은 빌딩은 무엇인가요?

(연대 미상)

이 질문지에는 연도가 적혀 있지 않습니다만, 세계무역
센터의 북쪽 타워가 세계에서 가장 높은 건물로 등재된
해가 1970년이었으니 아마도 1970년 이전에 받은 질문으
로 추정됩니다. 현재 세계에서 가장 높은 건물은 두바이
에 있는 829.8미터 높이의 부르즈칼리파Burj Khalifa입니다.

그럼 세계에서 가장 낮은 빌딩은 어디에 있을까요? 텍
사스 위치토폴스에 위치한 뉴비-맥마흔빌딩Newby-McMahon
Building을 두고 세계에서 가장 낮은 고층건물이라고들 합
니다. 높이가 12미터밖에 되지 않습니다.

진기한 여행지를 소개하는 웹사이트 '아틀라스 옵스큐

라Atlas Obscura'에 가시면 이 건물을 세운 사기꾼과 건물의
사연이 소개되어 있습니다.◆

◆아틀라스 옵스큐라에 따르면, 오일 붐으로 일대가 들썩이던 1906년 뉴비빌딩
에 세 살던 사업가(J. D. 맥마흔)가 초고층건물을 세운다며 20만 달러의 투자
를 받아 12미터 초미니빌딩을 세운 희대의 사기극. 당시 투자자에게 제시한
건축도면에 건물 높이를 단위를 생략한 480으로 표기하는 꼼수를 부려, 애
초 480피트=146미터가 아닌 480인치=12미터로 공지했으니 '사기'가 아니라는
법정 판결을 얻어낸다. 오일 붐이 꺼지고 대공황을 겪으며 오래도록 방치되던
건물은 2000년에 지역 사업체가 인수, 재건축해 지역의 랜드마크로 다시 태
어났다(www.atlasobscura.com/places/newby-mcmahon-building-world-s-
smallest-skyscraper).

바다표범의 태아가
모피코트를 만드는 데
사용된 적이 있습니까?
(연대 미상)

『동물 애호 저널Journal of Zoophily』 1899년 4월호에 실린 갬비어 볼튼이라는 교수의 증언에 따르면, 그는 "임신한 바다표범의 배를 갈라 태아를 떼어내는 것"을 목격했으며 이것은 "이렇게 확보한 바다표범 태아 가죽이 특별히 부드럽고 섬세해서 라마 새끼나 어린 양의 가죽(확보하는 방식은 동일하다)보다 훨씬 고급으로 평가받기 때문이라고……." 가죽을 어떻게 사용하는지에 관한 설명은 따로 없었습니다.

거품이 '파도치듯' 한다고
묘사해도 괜찮을까요?
(연대 미상)

온라인 사전인 '메리엄-웹스터(www.merriam-webster. com)'에서는 '파도치듯billowy'을 '큰 파도가 치는 혹은 크게 굽이치는'으로 정의합니다. 『옥스퍼드 영어사전』에 정의된 동사형 '파도치다billow'의 의미 중에는 '공기가 차서 부풀다'라는 뜻이 있는데, 이렇게 해서 거품이 만들어질 수 있겠지요. 또 이 단어는 16세기 중반부터 사용되기 시작했으며, 고대 스칸디나비아 단어 '뷜갸bylgja'에서 비롯됐다고 합니다.

비트는 어떻게 스스로 번식하나요?

(연대 미상)

비둘기나 벌은 그렇게들 합니다만 비트의 번식 방법은 조금 다릅니다. 비트라는 식물의 생식기관은 꽃입니다. 꽃 속에 있는 수술에서 꽃가루를 생산하고 이 꽃가루에서 정자세포가 만들어지는데, 이 정자세포가 역시 꽃에 있는 씨방의 배아주머니 안에서 알세포와 만나 수정이 됩니다. 일단 꽃가루가 이동하면—자연에서는 주로 바람에 의해 이동합니다— 수정이 일어나고, 이 결합체가 자라 씨눈이 되고 씨방에서 씨앗 껍질이 생깁니다. 비트의 씨앗 안에 씨눈(배)과 씨눈의 양분이 되는 씨젖(배유)이 들어 있답니다.

하이드롤릭 램이란 게
일종의 물염소인가요?

(연대 미상)

   '하이드롤릭 램Hydrolic ram(수압 펌프)'이라는 발음이 마치 1970년대의 외설스러운 춤 동작처럼 들리기도 합니다만, 사실 이 말은 춤도 아니고 염소도 아니고 한 곳에서 다른 곳으로 물(하이드로hydro가 물을 뜻하는 접두어입니다)을 이동하게 만드는 펌프랍니다.

What do you feed
a salamander?

도롱뇽은 무엇을 먹여 기르나요?
(1983)

도롱뇽은 육식동물로 크기가 다양합니다. 작은 것은 2.5센티미터부터 큰 것은 182센티미터를 넘어가기도 합니다. 하지만 염려하지 마세요! 아무리 몸집이 커다란 종이라도 사람을 잡아먹지는 않습니다. 크기가 큰 도롱뇽이 좋아하는 먹이는 물고기, 가재, 수서곤충, 개구리, 뱀, 쥐처럼 작은 포유동물입니다. 작은 크기부터 중간 크기 정도의 도롱뇽은 벌레를 비롯한 무척추동물, 민달팽이, 연체동물, 거미, 달팽이 등을 잡아먹습니다. 일련번호 '597.85'로 분류된 책을 찾아보시면 도롱뇽의 먹이와 키우는 법이 담긴 더 많은 자료가 있습니다.

1마일에는
몇 에이커가 들어가나요?

(연대 미상)

에이커acre는 넓이를 측정하는 단위이고 마일mile은 길이를 측정하는 단위라서요. 혹시 마일의 제곱인 평방마일(이러면 넓이의 단위가 되니까요)을 물어보시는 걸까요? 어찌 됐든 에이커란 본래 황소 두 마리가 온종일 갈아야 하는 크기의 땅을 가리키는 말이었습니다. 따라서 내가 가진 황소 두 마리의 기력과 끈기와 처우에 따라 에이커의 정의 자체가 들쑥날쑥하지 않을까 싶네요.

검은과부거미는 죽은 것과 산 것 중
어느 쪽이 더 위험한가요?

(연대 미상)

검은과부거미의 독은 구토, 심한 근육통, 횡격막 마비 등의 증상을 유발할 수 있습니다. 그렇지만 사망에 이르는 경우는 아주 드뭅니다. 『옥스퍼드 영어사전』에서는 '독venom'을 '특정 뱀이나 기타 동물이 분비하는 유독한 액체이며 다른 생물을 공격할 때 주로 사용된다'고 정의합니다. 따라서 만약 검은과부거미가 죽어 있다면 공격할 수 없다는 의미이므로, 살아 있을 때 더 해로운 존재겠지요. 설령 숨을 몰아쉬다 그만 거미가 목구멍으로 넘어간다 하더라도 해로운 영향을 입지는 않습니다. 독은 거미에게 물려서 혈액에 주입되어야 효력을 발휘하거든요.

시체 방부 처리에 관한
책이 있습니까?
(연대 미상)

물론입니다! 뉴욕공공도서관에 있는 자료 중 먼저 몇 권을 소개합니다.

『이승의 유해: 인체 보존의 역사와 과학Earthly Remains: The History and Science of Preserved Human Bodies』, 앤드류 체임벌린, 2001.

『방부 처리, 의학적 법적 접근Embalming and Its Medical and Legal Aspects』, 1931.

『방부 처리액: 화학적 관점에서 바라본 인간 유해의 과학적 보존술Embalming Fluids: Their Historical Development and Formation, from the Standpoint of the Chemical Aspect of the Scientific Art of Preserving Human Remains』, 사이먼 멘델존, 1940.

『방부 처리: 역사와 이론과 실제Embalming: History, Theory, Practice』,
로버트 G. 메이어, 1996.

『위생과 위생학: 방부 처리사와 위생사를 위한 실용 가
이드Hygiene and Sanitary Science: A Practical Guide for Embalmers and
Sanitarians』, 앨버트 존 뉴너메이커, 1923.

『현대의 미라: 20세기 인체 보존Modern Mummies: The Preservation
of the Human Body in the Twentieth Century』, 크리스틴 퀴글리, 1998.

『시체 보관소 가이드: 방부 처리 매뉴얼Morgue Guide: A Manuel
of Embalming』, 새뮤얼 헨리, 1954.

웨스트포인트 사관생도들이
졸업식에서 모자를 던지면
나중에 다시 찾을 수 있나요?

(연대 미상)

웨스트포인트에서는 "전원 해산"이란 마지막 선언이 떨어지기 무섭게 사관생도가 모자를 벗어 허공에 던집니다. 웨스트포인트는 10세 이하 어린이가 모자를 주워 가지도록 허용합니다. 어쩌면 생도도 자신의 모자를 다시 찾을 수 있을지 모릅니다. 간절히 원한다면 말이지요. 전통적으로 대부분의 생도가 모자 안쪽에 이름과 짧게 영감이나 격려의 말을 써둡니다. 졸업 연도가 표시된 현금을 소액 남기기도 합니다. 어쨌든 졸업생들이 제복의 일부인 모자를 던진다고 해서 문제 될 건 전혀 없습니다. 막 진급을 했으니 이제 그 제복과는 안녕이랍니다!

과일이나 채소 모양으로
설계하고 건축한
건물 목록이 있을까요?
(1983)

2001년에 새로 출간된 짐 하이만의 『캘리포니아의 상상 초월 노변 건축물California Crazy and Beyond: Roadside Vernacular Architecture』이나 캐럴 앤 말링의 『도로의 거상: 아메리칸 하이웨이의 신화와 상징The Colossus of Roads: Myth and Symbol along the American Highway』처럼 신기한 건축물(사물의 형태를 본뜬 모방 건축을 포함해)에 관한 책은 많습니다.

그런데 과일이나 채소 모양으로 지은 건축물 목록이 담긴 자료는 찾지 못했습니다. 그나마 뉴욕공공도서관의 소장도서에서 발견한 과일과 채소 모양 구조물을 몇 가지 말씀드리면, 캘리포니아 카스트로빌의 초대형 아티초크

모형, 미네소타 올리비아의 옥수수 쉼터Ear of Corn Rest Area,
일본 도쿄의 산리오 딸기하우스Sanrio Strawberry House가 있습
니다. 도넛doughnut 모양도 있는데, 도넛은 과일보다 채소로
봐야 할까요?

Is there a list of buildings
that were designed and built in
the shapes of fruits or vegetables?

밤중에 베일을 써도 괜찮은가요?
(연대 미상)

『버그 세계 의상과 패션 대백과Berg Encyclopedia of World Dress and Fashion』에 따르면, 하루 중 어느 시간대에 베일 착용을 제한하는 사례는 알려진 바 없습니다. 베일 착용 관습은 주로 여성이나 종교적인 목적과 연관된 경우가 많습니다. 물론 문화에 따라서 여성이 아니라 남성의 베일 착용이 당연시되는 경우도 없지는 않습니다. 오래전부터 이어져 온 종교적 의미 외에 현대의 세속적 맥락에서도 베일은 꾸준히 등장해왔으며, 결혼 풍습이 가장 대표적인 경우입니다.

최근 들어 '히잡hijab'이라 불리는 특정 형태의 베일이

부쩍 논의와 관심의 주제가 되고 있습니다. 이 베일의 역할을 살펴보면 질문에 대해 더 자세한 답변이 가능할 것 같습니다. 현대 이슬람 여성이 자주 쓰는 히잡은 얼굴은 가리지 않은 채 머리와 목에 두르는 스카프로, 시간대와 상관없이 두를 수 있습니다. '덮개'나 '커튼', '벽'이나 '칸막이'를 뜻하는 아랍어에서 나온 말입니다. 더 넓게는 '겸양, 바른 행실, 내밀한 사생활'을 뜻하기도 합니다. 여성이 친척 남성이나 다른 이슬람 여성 앞에 있을 때는 히잡의 착용이 요구되지 않지만 이론상 혼인의 가능성이 있는 남성 앞에 있을 때는 착용해야 합니다.

"베일을 가린다는 의미에서는 여성과 남성 사이에 커튼을 치거나 칸막이를 세우는 것도 히잡이 될 수 있다. 옷을 갈아입지 않고도 서로 대화를 나눌 수 있는 방법이다. 이슬람교 초기에는 예언자 무함마드의 아내 사이에서 이 방법이 더 일반적이었다(www.bbc.co.uk/religion/religions/islam)."

"새 장로는 옛 사제보다 한술 더 뜨는 자"라고 말한 사람이 누구입니까?

(연대 미상)

이 문구는 존 밀턴이 1646년에 쓴 시「장기의회 체제의 새로운 신앙 강제자들On the New Forcers of Conscience under the Long Parliament」에 나오는 구절입니다.

영국 내전 기간에 쓴 이 작품에는 존 밀턴의 청교도적 관점이 잘 드러나 있습니다. 당시 선출된 장로 체제로 통치되던 스코틀랜드교회에까지 영국국교회를 따르도록 영국의 장기의회가 압력을 행사하려 했고, 이로 인해 청교도인은 신앙의 자유가 충분히 보장되지 않았습니다. 존 밀턴은 영국국교회 사제와 주교 자리에 장로를 앉히는 것만으로는 부족하다고 생각했습니다. 종교의 자유를 보장하는 미국 헌법 조항이 탄생하기까지 영국 내전과 숱한 종교적 분쟁의 역사가 적지 않은 영향을 미쳤을 것 입니다.

Where can I rent
a guillotine?

어디에 가면
단두대를 빌릴 수 있을까요?
(연대 미상)

단두대 한 대쯤 빌리실 수 있습니다. 단, 진짜를 고집하지만 않으시면요. 믿으실지 모르겠지만, 진짜 단두대가 아직도 존재합니다. 개인 수집가나 박물관에서 보유하고 있습니다. 미국공영라디오에서 보도하기로는 얼마 전 프랑스에서 열린 경매에서 150년 된 단두대 모형이 어느 프랑스 사업가에게 팔렸답니다. 그러니 진짜 단두대를 빌리기는 어렵겠지만, 재미 삼아 쓰시려면 소품 대여점에서 대여하는 단두대가 어떨까요? 사형 집행에 사용되던 단두대의 실물 크기 모형을 구하실 수 있습니다. 로베스피에르처럼 실제로 칼날을 내리치겠다는 기대는 접어야겠지만요.

그런 용도만 아니라면 단두대와 유사한 장치는 여러 가지가 있습니다. 종이, 금속, 육류 및 기타 식료품을 자르는 공업용 절단기는 공업 용품점을 통해 단기 혹은 장기로 대여할 수 있습니다. 공업 용품점 목록은 뉴욕공공도서관 산하 과학·산업·비즈니스도서관에서 검색하시면 됩니다.

편지의 마무리로 어느 쪽이 더 다정한가요?
'애정을 담아'인가요,
아니면 '오늘도 그럼 이만'인가요?
(연대 미상)

　　현대생활 에티켓을 전문적으로 소개하는 에밀리포스트연구소(www.emilypost.com)에 따르면 '오늘도 그럼 이만Yours as ever'은 친밀하지 않은 상대나 한동안 만나지 않은 사람에게 보내는 편지의 맺음말로 유용합니다. 다정하고 친밀한 맺음말로는 '애정을 담아Affectionately yours'가 더 자주 쓰입니다.

도서관에
'인간'에 관한 책이 있나요?
(연대 미상)

물론입니다. 뉴욕공공도서관에는 일평생 읽어도 다 읽지 못할 만큼 '인간'에 관한 책이 많습니다. 고고학자 크리스 스카가 엮은 『인류의 과거: 선사시대와 인간사회의 발전The Human Past: World Prehistory and the Development of Human Societies』, 이상희 교수와 윤신영 기자가 함께 쓴 『인류의 기원: 난쟁이 인류 호빗에서 네안데르탈인까지 22가지 재미있는 인류 이야기』 같은 책으로 시작해보시면 어떨까요? 가볍고 눈이 즐거운 책을 원하신다면 사진작가 브랜던 스탠턴의 『휴먼스 오브 뉴욕』을 추천합니다. 이 기회에 독서용 안경을 하나 장만하시는 것도 좋을 것 같습니다.

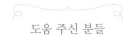

도움 주신 분들

앤 바레카: 배터리파크시티도서관 운영책임자.

매튜 보일런: 'NYPL에 물어보세요' 온라인 문의 선임사서.

로자 카발레로리: 'NYPL에 물어보세요' 팀장.

프랭크 콜러리어스: 제퍼슨마켓도서관 운영책임자.

션 퍼거슨: 채텀스퀘어도서관 운영책임자.

루이즈 라로: NYPL 42번가 메인빌딩 어린이실 책임사서.

버나드 반 마르스빈: 'NYPL에 물어보세요' 온라인 문의 부팀장.

체시티 모레노: 'NYPL에 물어보세요' 온라인 문의 선임사서.

짐 로스스타인: 앤드류하이스켈도서관 관장.

캐리 웰치: 대외협력부장.

매튜 커비: 운영처장.

도움 주신 뉴욕공공도서관 관계자들에게
감사드립니다.

구글이 없던 시절,
도서관에 모인 뜬금없는 질문들

　　구글 지도에서 뉴욕공공도서관을 검색하면 길쭉한
뉴욕시 몸통에 빨간 점 수십 개가 찍힌다. 별개로 운영
되는 퀸스와 브루클린의 자매도서관까지 더하면 빨간 점
은 더 늘어난다. 그래도 역시 대표적인 장소는 맨해튼 한
복판 42번가의 웅장한 대리석 건축물이니 그곳을 목적
지로 설정한다. 어디에서 출발하든 그곳에 가려고 맨해
튼 거리를 걷다 보면 재미있는 경험을 하게 된다. 20분에
한 번쯤은 또 다른 뉴욕공공도서관이 나타난다. 대리석
도 아니고 문지기 사자상도 없는 평범한 사무용 건물에

도, 서점인지 학교인지 헷갈리는 문 앞에도, 길모퉁이 오래된 교회 건물에도 붉은 'NYPL' 깃발이 걸려 있다. 붉은 사자 깃발을 내건 장소가 현재 92곳, 이 숫자는 해를 거듭하며 늘어갈 것이다.

42번가 메인빌딩은 뉴욕공공도서관의 상징이다. 이곳이 아름다운 유물이 아닌 생동하는 상징일 수 있는 건 다른 91곳의 장소와 연결된 덕분이다. 촘촘한 연결망을 따라 자금과 책과 사업이 흐르는 덕분이고, 이 흐름이 시민과 시민을 연결하는 덕분이다. 뉴욕에 살든 머물든 지나든, 도서관은 그곳에 발 들인 사람이 가장 시민다운 모습일 수 있게 해준다.

프레더릭 와이즈먼 감독의 2017년 작품 〈뉴욕 라이브러리에서〉는 이 시민들의 얼굴과 소통을 담아낸 거대한 모자이크다. 12주 동안 12개 도서관 지부에서 촬영한 결과라니 3시간 26분이라는 러닝타임이 이해도 된다. 도서관의 벽 안으로 들어간 와이즈먼의 카메라는 벽으로 막힌 장소를 지우고 자유로이 넘나드는 공간을 세운다. 이 공간 안에는 책 못지 않게 많은 사람이 있다. 읽는 사람, 공상하는 사람, 말하는 사람, 듣는 사람, 배우는 사람, 이끄는 사람, 질문하는 사람, 대답하는 사람의 대화가 있다. 이들의 대화는 때때로 치열하고 때때로 웃기고 대부분 다정하다.

'NYPL에 물어보세요' 전화 문의에 한 사서가 응답한다. "유니콘은 사실 상상의 동물입니다. 1225년으로 거슬러 올라가 보면……" 사서의 대답이 들릴 뿐 질문은 들리지 않는다. 125번가 조지브루스 분관의 대출계 앞에서 '오즈의 마법사 시리즈'가 몇 권인지 문의하는 할아버지를 보고 나면, 전화기 혹은 컴퓨터 단말기 너머 질문자가 누구일까 새삼 궁금해진다. 질문자가 누구든 그들의 질문이 얼마나 뜬금없든 응답은 끈기 있고 친절하다.

이 책은 과거에서 온 질문과 현재의 답변이 도서관 안에서 만나는 상상이다. 인터넷이 없고 구글이 없던 시절 뜬금없는 호기심이 일 때 뉴욕 사람들은 도서관으로 갔다. 그때도 도서관의 누군가가 응답했을 것이고 지금도 응답은 새로고침을 하며 계속된다.

　광대역 인터넷망을 자랑하는 2020년 서울, 뜬금없는 호기심이 일 때 우리는 어디로 향할까?

2020년 4월

이승민

지은이 **뉴욕공공도서관**NYPL

뉴욕시는 물론 그 너머까지 배움의 기회와 정보를 무료로 제공하는 기관입니다.

브롱크스, 맨해튼, 스태튼아일랜드 곳곳에 위치한 92개 지부를 찾는 모든 이에게 무료 자료와 이용 가능한 컴퓨터, 강좌, 전시 및 여러 프로그램을 제공하고 있습니다.

걸음마를 배우기 시작하는 아기부터 전문 연구자에 이르기까지 도서관 방문자 수와 자료 대출 건수는 최근 몇 년 동안 계속 증가하고 있습니다.

연간 뉴욕공공도서관을 출입하는 이용자가 1,800만 명을 넘습니다. 도서관 사이트의 온라인 자료를 이용하는 사람은 전 세계적으로 수백만 명에 이릅니다.

뉴욕공공도서관이 이렇듯 폭넓고 다양한 프로그램을 무료로 제공하자면 공공자금과 민간지원이 모두 필요합니다. www.nypl.org/support를 방문하시면 도서관을 후원하는 방법을 안내해드립니다.

그린이 배리 블리트Barry Blitt

예리한 풍자와 재치 있는 시사만화로 유명한 일러스트레이터입니다. 잡지 『뉴요커』, 『엔터테인먼트 위클리』, 신문 「뉴욕타임스」, 「시카고트리뷴」 등 많은 매체에 작품을 발표했습니다.

몬트리올 출신으로 몇 해 전 미국 시민권을 획득해 처음 투표권을 행사한 선거 결과에 망연자실했지만, 덕분에 도널드 트럼프라는 '뮤즈'에게서 무한한 영감을 받아 작품 활동에 매진하고 있습니다.

옮긴이 이승민

대학에서 영문학을 전공하고 문학과 영화의 학제간 연구로 석사학위를 받았습니다. 걸어갈 수 있는 거리에 공공도서관이 있느냐가 삶의 질을 크게 좌우한다고 믿습니다.

옮긴 책으로는 『시나리오 어떻게 쓸 것인가1·2』, 『이상한 나라의 앨리스 레시피』, 『런던을 걷는 게 좋아, 버지니아 울프는 말했다』 등이 있습니다.

뉴욕도서관으로온
엉뚱한 질문들

초판 1쇄 발행 2020년 4월 10일
4쇄 발행 2024년 9월 2일

지은이 뉴욕공공도서관
그린이 배리 블리트
옮긴이 이승민

펴낸이 이정화
펴낸곳 정은문고
등록번호 제2009-00047호 2005년 12월 27일
주소 서울시 마포구 동교로13길 60 503호
전화 02-392-0224
팩스 0303-3448-0224
이메일 jungeunbooks@naver.com
페이스북 facebook.com/jungeunbooks
블로그 blog.naver.com/jungeunbooks

ISBN 979-11-85153-35-3 03840

책값은 뒤표지에 쓰여 있습니다.

이 도서의 국립중앙도서관 출판예정도서목록(CIP)은
서지정보유통지원시스템 홈페이지(http://seoji.nl.go.kr)와
국가자료종합목록 구축시스템(http://kolis-net.nl.go.kr)에서 이용하실 수 있습니다.
(CIP제어번호: CIP2020012442)